AQUARIUS

AQUARIUS

AQUARIUS

AQUARIUS

每個人心中都有一座島嶼，
藉文字呼息而靜謐，
Island，我們心靈的岸。

樂園輿圖
羅毓嘉

【推薦序】華年生異彩

王盛弘（作家）

假日前夕，西門捷運一號出口直往前走，經派出所斜刺彎左，一棟紅色磚造多角型建築白日作為賣場展演場，此時已經熄燈打烊為夜色收服了去，但是沿建築繞到它背後，猛然映入眼簾的卻是燈火迷離海市蜃樓，小熊村算起，哈奇屋涉谷步道G-2 Paradise牡丹好氣派一個店面，G樂園café Dalida Alley Cat's Cosby Taipei Red，Body Formula旁最邊邊角角的是，光。

蟻窩蜂巢裡螞蟻蜜蜂般青年在霓虹店招熱門音樂裡穿來梭去，打扮入時、略帶作戲肢體語言彷彿踩踏著的是伸展台，繁華褥麗，聲色穠艷，怎麼能夠那麼快樂，怎麼能夠那麼悲傷，各種情緒被歷歷凸顯了出來……讀羅毓嘉散文，幾度我聯想起的便是紅樓身後廣場那一個又一個夜未央，開懷的，悲切的，低抑或是躁動，妒嫉還有恐懼，愛與失愛，藉著出色的修辭漫溢、橫流，生鮮生猛生動，瀰漫豐美的生之喜悅、酷烈的生之掙扎。

戀父，戀物，青春期，早熟，躁鬱症，精神官能症——我試著筆記下一個又一個關鍵字：香江，獅城，台北捷運，紅樓，新公園，建國中學；乃至於宛如毫不知疲倦地一集又一集一季又一季觀看著的Queer As Folk的主旋律：gay達，愛滋，恐同，恐老，微整形，camping……這些關鍵字既屬於羅毓嘉個人，是他自己的經驗和體會，同時它們直指了某些族群的共同處境和命運，尤其那些愈加個人、私密的細節，愈能夠喚起共鳴，在這些佳篇裡，個性作為出發點，駛往人性共相。

佳篇如〈中魔者〉如〈二十自述〉，〈香江拾遺〉也算得上，讀來不止偷窺，不止是臆想作者我藉敘述我現身的百分比，猜想他是否有情人言行舉止音容笑貌乃至於晨起為他準備咖啡一杯吐司幾片總讓他想起父親，猜想他是否酒吧裡撞見自己的醫師在撞球檯前他賭誓自己再不進球就要跟著醫師姓，猜想有網友長他十八歲乃香港人初次見面在咖啡座裡兩人都心旌動搖躍躍欲試……這些都好看，都描寫細膩、直接，彷彿羅毓嘉傾懷將讀者當作貼心密友般絮絮叨叨毫不保留地訴說，但不止有這些。

這些文章也直指了多少現代人／都市人紊亂得像剛從脫水槽拿出的襯衫、百貨公司花車裡顏色鮮妍癱成一團的成衣一般的生活與心境。否則哪裡需要那麼多的心靈雞湯？那麼多的心海羅盤？羅毓嘉反其道而行，他不黏合裂縫不心靈導師，不假裝天下本無事；羅毓嘉自我暴露，現身出櫃，他彷彿身在舞台有一束燈光耀照下，讓我們逼視他的痛楚一如我們共有的痛楚，他的傷口就猶如長在我們身上的傷口。羅毓嘉說「其實想要交配，或者，愛」，這是生物性本能；羅毓嘉說「每天光應付自己的憂鬱浪漫就耗盡力氣束手無策」，這是創作者與浮士德的交易；羅毓嘉提到父親，「我少年時代擔心的，自己總有天要長得比他高，看得到他前頭的風景，我會心慌」，這是多少人子共同的心聲。

絲滑如緞、華美如錦繡是羅毓嘉文字的主要風格，但我以為，最傳神而精采的卻是他自覺或不自覺流露出的camping及其變形。camp是個不容易翻譯、定義界線的字眼，張小虹說它是「假仙」，紀大偉翻譯成「露淫」，但唐膜稱之為「發妖」，辭典上說：「發妖，是一種裝腔作勢和幽默形式，表現在一個人，或一群人身上的陰性氣質」、「當名詞時，它表示歡樂、陰性或粗蠻的人或事。當動詞時，它表示『耍賤』。當形容詞時，它表示『有趣』，甚至是『荒誕得有趣』，通常會喚起對過去某一段時光的懷舊情緒」。發妖也許尤其流行於男同志圈裡，通過戲謔、耍賤、自嘲的言語互相取樂取暖，也轉化主流價值觀的評價，比如在辦公室裡取名邁克Michael個性陰柔大男人，不辯解不迎合主流地私下裡聚會乾脆以老娘蜜雪兒Michelle自稱——

羅毓嘉遙想新公園，「可是那時從小說讀到警察會揮警棍前來，並讓眾家姊妹（自然指的是一群男同志）花容失色大喊，趕快教訓我」的新公園；羅毓嘉形容台北東區崇光百貨白色建築，「像雷峰塔一樣鎮住了整個東區來去的妖嬈女子」，周年慶時爭購保養品化妝品的，是「魚貫而入的白蛇與青蛇們」，「從那些唇紅齒白鶴童鹿童手中接過靈芝草，敷抹塗推的手勢像煉丹提藥，更像許仙將再也無能見著蛇妖真身那樣的喜不自勝」。

同樣玩弄蛇於舌尖修辭的，是〈祕密集會Ⅰ：老八板〉中幾個老男人（其實平均年齡不超過五十，但同志圈裡年過三十就有人哀哀嘆著年華老去了）憂肥畏醜，七嘴八舌你一言我一語地搶話說：

看姓李的又再胖了，說就算端午節被打回原形，怎麼沒看過這麼胖的白蛇。我是森蚺，行吧。怎麼不少吃點，多運動？懶哪。反正看你對桌那幾個，如果我是白色巨蟒，他們幾個尺寸沒小多少的，大概也就是臭青母之類，白娘娘的跟班。燈光突然變亮的處所，話鋒突又轉到姓王的身上，姊，你多久沒打針啦臉都垮了。兩年沒打了，怕皺紋消失會上癮，能打一輩子嗎。想想也覺得不能，自然點好。真是自然點好——看看我媽咪，心寬體胖，臉上堆滿油連皺紋都不用愁了。誰是你媽咪，我這麼美。是啊，這麼美，當年可是個瓜子臉，這下端午才剛過，你怎麼月餅就端出來了快收回去、收回去……

現實裡、小說裡不難見到的對話，散文裡卻少有人如此下筆；傳統上評價散文有

「直抒胸臆」這個選項，說敘述我等同於作者我，散文是最能夠鏡像作者的文類，但其實我們更推崇言志與溫柔敦厚，不合這個大傳統的元素，則只能於其中偷渡，多數時候被消隱被匿跡被變身，水墨畫裡白茫茫一片雲霧後自己去想像背後的窮山惡水；內斂，自省，沉澱，昇華，留白，餘韻，講究的是情操與節操，檢視的是文格即人格；因此閱讀散文多年後我嘗以為，寫作散文要「無恥」，要無視於倫理圈限、道德框架、美與善的藩籬，試圖往人性中曖昧的、灰色的、生物性本真地帶前進一步，再一步。相對於散文傳統，羅毓嘉是個新品種。

這個新品種是演化不是突變而來，一方面反映了羅毓嘉個人特質：我曾幾度與他同桌吃飯，他莫不神采飛揚，機智幽默，camping；也曾在酒吧裡巧遇，他周旋於深交淺交友朋之間，如魚得水；倒有一回下班時分捷運車廂裡，遠遠地人叢後窺見他略顯疲倦地玩弄著手機，這是他剛離開學校、投身職場的當口，讀他書寫職場生活的文字，莫不感受到那股慵懶、身不由己的氣息。

另一方面則得力於時代更迭，尤其表現於同志書寫：上個世紀（不過十年以前）多託言虛構的小說，或曖昧其詞、紛歧其義的新詩，同志散文除了零星見於文學獎得獎作品，幾乎付諸闕如，或許因此，當我二〇〇一年出版《一隻男人》，白先勇老師才會指出，這本散文集「在台灣的同志書寫中恐怕還是首創」。

這十年來，男同志散文能見度略有提高，除了繼續在文學獎中掄元外，依序而下，陳克華《夢中稿》第二輯「同志祕語」雜誌上專欄用的還是筆名，後來他以〈我的出櫃日〉奪回出櫃權，蔡康永《那些男孩教我的事》到處看得到書名變形的各種slogan，我又交出了一本《關鍵字：台北》，郭正偉《可是美麗的人（都）死掉了》既美麗又哀愁，陳俊志《台北爸爸，紐約媽媽》是一朵妖異之花，熠熠發光不能忽視的，還有穿著中學制服進入新世紀的羅毓嘉的〈中魔者〉、〈二十自述〉及同樣收在《樂園輿圖》第五輯幾個小品，是少年一路自中學、大學、研究所，以至於畢業後初入職場，他為這座大城市、這個小時代，以及這座城市這個時代為他，交互所作的在場證明。

二十一世紀少年剛剛出發，他昂首闊步，他豔光四射，注定是目光的焦點，未來啊未來，還有他翻江倒海、興風作浪的。

【自序】城市生活

乘上一班低底盤公車，最後面的座位面向車尾。是個天色明媚清朗的午后，熟悉的街景搖搖擺擺，彷彿一路提點我正與什麼錯身，彷彿，我以前所不及記住的，現在也無法抓住它們。

那是時間。只是我這會兒可以凝視再久一些。一些就好了。

也是這天稍早一些的時候，白天的文湖線，列車經過玻璃帷幕大廈，彷彿映出了城裡過往旅人一張張模糊的臉。而像我這樣一個過路的人，在那裡或我不在，似乎沒有什麼分別。城市會繼續運轉，它當然會。

沿途往信義誠品走的路上，雲非常迅速地自東北方望城市裡聚集。恍惚間竟灑下了輕柔飄搖的薄雨。我知道這是雨季開始，整個亮通通的信義計畫區給籠在陣風和斜雨中，我在樓與樓間站了一會兒，不由得出了神。

眼看翻騰的雲，迎面而來轉為暴烈的雨，雲雨積聚打在臉上的刺痛讓我想歌唱。於是我便唱了，滿路鋪排開來閃躲著仲夏之雨的，是行人們夜歸的天色嗎？謹慎於細節，以致疲憊不堪的一週過完，我一次次自辦公桌前離開又回來，竟要到這週末的雨水轉而滂沱中，才感覺自己真回來了。

開始工作以後，我和我益發破碎的時間相互糾纏，沒過多久就進入新的輪迴。

我多想把它們積聚成束，繫縷結繩，如此我能紀事如巫覡，卜事如魍魎。

比如說在捷運上碰到一個男子，搶在每站之前先報出下一站的站名，又彷擬著月台上的保全人員，指揮車門開闔的時間。車廂內其他乘客都露出「此人精神不正常」的表情，我卻希望自己可以像他。

他是一支真正的一人樂隊，時間都與他周轉，列車都為他停駐。

有那麼一瞬間，我希望自己可以像他。為的不是我瘋，我貪嗔怒癡，而是而是，如果我們都可以永遠比現實活得快一些，是否就不會這麼容易被困縛於此了？

但不可能的，歲月之輪傾軋而來，我們並不因此而更能掌握它，而是日日年年，變成每個轉瞬都彷彿新生。所有的障孽與修業都消解重來。重來，重來。其實我記得自己已經死過了，但又可以再死許多次；當然我也活過這些步驟，活著。

活著就是一切的解答，我和我益發破碎的時間相互揪揉，還想再多寫點什麼，但沉澱的機會是如此渺茫，風正起來的時候，我又給它帶到下一個短暫停留，而終於時光加速，往剩下的一邊流洩過去。顯然落雨的氣候並不打算放過任何過路的行人。經過一整天工作拖磨，我已經累壞了，必須對自己重複「我只是累了，而非憂鬱」，才能在紛飛風雨裡拉住自己不輕易往脆弱的一側傾斜下去。只是累得感受不到任何快樂，而非憂鬱。邊對自己說話，邊往車站走去，慢慢牛仔褲吸飽了雨水，每走一步就變得更重一些；我想再走慢點兒，留給自己痊癒的時間。

誰說所謂清醒、所謂慣習，不是將日常生活包覆的巨大暗影呢？

但總有些片刻，讓我回去那所有天氣都瀕臨碎裂的時光。我因此充滿感激。

樂園輿圖

目錄

輯五・零度出口象限

向您保證這將是一個完美的樂園
所有的笑容都是真的
遊園列車連接城堡與鐘塔
水池那邊，是最擬真的蠟像館
在如血的噴泉邊
請享用我們精心烘焙的蛋糕

輯一　售票口

中魔者

掙扎很久，決定這樣寫了。覺得不妥又刪掉，再寫。

承認自己有病，不是件易事。但久了又想痊癒遙遙無期，還不如說服自己只是魔魅纏身，遂能與之相擁而臥，鎮日，鎮夜。枕著右手像側躺懸崖邊緣，睡的時候，卻其實夜沒有變得更短，夜一直很長。雨再度降下，今晚不知這是否一場適時的雨。當睡，不敢讓自己太早睡。安眠藥停了一陣子，又開始吃。今夜又是冷的滿月，若不看天空，誰知道呢。我擺渡冥河這岸那岸，放眼望去，這日常我勉力維持，卻盡是荒蕪空景。

斗室無詩無歌，都幾歲的人了還怕黑，把所有燈都點起，仍覺得暗。

每月一次的回診，彷彿一個巨大而寬闊的平面中央，醫生坐在那裡。他筆挺白罩衫裡頭一件鐵灰襯衫。我走向他，我坐下。低頭瞅著鞋尖，就看見他皮鞋打得油亮他褲腳中間拎著一段襪頭黑色。其實沒見過他起身的樣子，但我知道的，他講話嗓音扎實，低沉蓊鬱，開口前會咂拉嘴角，他會問，最近好嗎？抬起臉來，撞見醫生坐在那裡他有些肚子，一把厚短下巴寬闊的臉型。聽我說話他快速鍵入病歷，看我眼睛他非常寬容地看我眼睛。像是個典型的父親。

診間敞亮，卻覺燈光忽有明滅。我突然昏眩，儘量裝作狀況改善的樣子，擠出笑容，勉力說，最近有好一些。跟什麼時候比呢？想不起來。

到底哪些感覺才是真的？

※

發現醫生新剃了頭髮。新剃短的髮鬢，對著我招啊招。一瞬間想，或許我也該去理整頭髮。說不上來的，該。他總是坐在那裡白袍上繡著姓字，他黑色領帶隱約斜織斑痕幾道，明明靠得這麼近，卻很快要離開。想他襯衫西褲，打好的領帶怕是從不解開，只略略調整鬆緊，套上了，束妥。那是他的女人為他結縛的領帶嗎？以前讀篇小說，女人說，要是有別個女人給你摺了衣服我會知道。一瞬間有點想伸出手去，把他的領帶給解開。但不可能。若我不是壞的我不會在，他執筆又像執權杖驅魔，鍵入病歷我無法懂的咒語，說話我便隆隆重重聽。照例問了，最近好嗎？

直覺他剛不是問過了？

我不想工作。

其實想要交配，或者，愛。但不能說出來。為什麼沒有一個人真正屬於我？學院生活多是抽象字句高低崎嶇，沒有事件沒有日常，細節是惡魔的居所。有時課後，我走進洗手間，關了門眼淚啪地掉下來。

研究室裡自己晚餐，像在校準孤獨，抓住生活點滴紋理，提煉它們，希望可以從中找到些什麼，但不可能。一鍋熬糜了的粥裡向來撈不出什麼道理。回家又再打開電腦上交友網站，青春美好身體都在呼喚，還不及伸出手去他們寬解了衣裳，彷彿隨時可以前來，也隨時已準備好離開。為了寂寞，為了簡單的理由戀愛。為了更簡單的理由，同他們分開。過了某個歲數，就不再有眼淚，但有更多的寂寞。

我儘量不看醫生的眼睛我說，有時吃史蒂諾斯有時不吃，樂復得維持一天兩錠，時好時壞，還過得去。

對陌生人寬容也學著對自己好，還沒找到與自己平和共處的技巧。一個禮拜上兩次健身房，在跑步機上哪兒都沒有去，就跑。跑到筋疲力竭。回家把自己摔進軟床鬆彈，聽心跳繼續加速，終於停下來我有幻聽。聽覺總是最後消失。會有人來絮絮叨叨，說週末捷運停駛，說些明天的事。昨天的事，冷氣瓦斯開關妥當，叮嚀一切細節，若明天早餐要吃福州乾麵這時候該睡著了，又有人過來說，噯，明天是禮拜一，公休。我想，是嗎，但今天不是禮拜二，或說，禮拜三，都好，都好……同不寐的夢魘對看。對弈。屋宅內下整晚的棋，聽屋外下整晚的雨。

試著減少幫忙睡覺的藥如何？

可以不嗎？

那我們照舊。能不吃就別吃，心理依賴。這麼大個人了，要照顧自己，對自己好。他說話一個典型的父親。

每次他說我們我便心旌動搖。他坐著，樣子同山一般寬。但我哀哀慮慮想，再經過更多更多次四季枯榮，一輪又一輪抽芽盛夏枯黃與衰落的循環，過幾年他也會老的。他眼角會垂，神態顧盼不再犀利英挺，四月很快要過完，接著又是夏天，若我痊癒我將再看不到他。心臟突地揪了幾下特別重。發現醫生聆聽時有雙好看眼睛，便發現更多壞的可能。驅魔者本身成為魔魅的根，明明有這麼多人打我周身走過，一瞬間卻彷彿愛上醫生我心悸我瘋。

憂鬱焦慮量表樣樣指數高了再高，再高。我沿著斷崖邊角走著，走著，瘋得清楚明白。一個內在漩渦，我身不由己。到底哪些感覺才是真的？

又是白晝，研究室窗口整排楓香分列，參差著綠的次序。幾棵老樹撐著整頭黃葉飄搖，像要否定春天已經來臨。但春天已確實到達，颼颼之風倏倏颯颯，又再剪下枯黃三兩片。人們總以為憂鬱是偶發的魔性，像風吹過就吹過了，一切會復歸平靜。我卻何嘗不希望？須臾一刻，以為好了但我又哭了。

※

不預期會在醫院外看見他。賴不過友人百般執拗只好答應出門，酒吧裡說是歡快的空氣，在杯緣危危行走，沙發上斜臥。抬起臉剛好對上他尋找著什麼的眼神，猶豫該打招呼不該，但他已看見我了兩人交換一瞬沉默他說，嗨。

最近好嗎？

其實我過得不好。每天光應付自己的憂鬱浪漫就耗盡力氣束手無策。沒想著誰，工作起來沒什麼勁。或我想著他，根本無法工作。工作又需要定性。天氣聽來像是藉口。按了字數統計。起身想去洗臉，又想十分鐘前不才洗過？水喝得兇，卻都蒸散不知哪去了。起身浪費時間，還不如強押自己端坐，撐著。文件檔案在螢幕上開著，借來未閱的書籍堆在桌案右側，讀完了，便放到左側去。反覆切換視窗，查檢電子信箱有無新郵件，其實總沒有。還是查。直瞪螢幕，想在這兒再加個句子，又覺不妥，掙扎很久，決定這樣寫了。思考時總咬指甲，從右手中指開始。咬得太邊角會撕啃出血來，覺得不妥又刪，又寫。掙扎，推翻自己。但不能承認。我躲閃著說，還好。坦白者如卡珊卓拉要受咒詛，我才一直學不會誠實。

倉皇想要找些話頭，已指著酒吧另一頭撞球桌他說，打球？

我說不太會打。他說沒關係我們一隊，我罩你。一掌拍在肩膀上我棄械投降。我們，他這麼說。他總是會進的。我說你太準。他將杯中的香檳飲盡，從我手中接過球杆，隨手將香檳杯放在桌緣。伏身瞄準，銳利專注。皮鞋休閒褲與針織罩衫，臀部在背後畫成個漂亮的弧形。他像是鷹，要捕獲我。

對手進了，但下一球沒連上。很快又是我方的回合。

眼看袋口老大一個嗆司，我醺醺然同他說，這球打不進我跟你姓。但明明幾分鐘前出了醜連母球都差點兒沒摸著邊的一球，友人在旁喳呼喊說，姓什麼姓什麼，滿室快樂空氣罩得我頭臉都紅。他回著說，姓張。我應和點頭，我沒進就姓張，眼裡迷迷，校正角度，下了個重手定杆。定得準，球進，空心。同他擊掌，他說好，不用姓張了。滿室都是快樂的空氣。我快樂時笑，覺察快樂結束，收攏笑容遁身煙霧繚繞醜怪現實。如是快樂終要消散並不真實。

對談幾次中斷，深夜言語聽來卻又特別鮮豔濃烈。此時一陣香水氣味，過濃了些的花香調性，直直愣愣扎來，幾個中年女人兩兩成伍，燙起上個世紀的髮式，化著上個世紀的妝款，連表情整一個都是過分復古了。他霎霎眼睛，知道他有話要說。找生意的，這些女人。我說我知道。想他是知道自己迷人之處的。沉沉的側臉，離開診間有雙非常明亮的目光。他語句上揚說你今天看來不錯，看我不置可否，湊過臉來又說，憂鬱症就是大好大壞，但你都這麼大個人了，不能光看那些倉促與壞的。要照顧自己，對自己好。

突然有點想問，那你呢？你有最壞的一面嗎？

或他停頓的瞬間，背後也有些祕密。但我不忍追問。其實也不應該。

說是明早有晨會，這突發的夜晚便草草結束了。臨上計程車，他張開雙臂說今天很高興見到你，但我有些遲疑，還想接著問些什麼，突地覺得，其實也沒什麼好問了。最後還是只伸出右手去同他握了一握。掌心當中，一股暖暖熱熱力氣傳過來，整個夜晚是場盛大的海市蜃樓。

※

每天都像新的一天，卻分不出來和昨天有什麼不同。

承認自己有病，不是件容易的事。但更害怕承認愛。趁還有力氣躲閃，決定換了醫生。也總是六月近半，晴空開放。期待夏天趕緊來臨，如此瀰天蓋地的幻覺會中止，畢竟，這故事繼續寫下去，反顯得太矯情了些。

換到天氣晴好的午后，走進候診大廳選了個位置坐下。人來人往，不像夜診總空無寂寥。和新的醫生對談，尋求理解的可能，但不可能。悵然，然後離開。養成在看診隔日理整頭髮的慣習。如此四個禮拜又四個禮拜過去，髮鬢徒長，但覺神志清明。喝了幾次酒窮喳呼的三兩週末，不再想著偶遇的神性。突然明白，所有感覺都是真的，穩靜聲線有時更是鍛鍊。罷病這些日子生活越顯簡單，閱讀書寫，吃食排泄。睡，或不能睡。選條類似道路到達學校。服藥，衡鑑，諮商。我人生其實平整光潔，細微部分或像襯衫熨不平的褶縐下襬。

若午后有雷陣雨。舊的時間截止，新的月曆總是要翻過去。把雨留在背後，留在窗外。對陌生人寬容也對自己寬容。整晚洗上五六次臉。看了一本書，兩篇文章，小說堆在右手邊，學術專書堆在前方。看完了就丟到左手邊，書紙邊緣蝕黃黴跡。思忖著，今晚該早些離開研究室。

該慶幸，自己僅是個中魔者，驚詫一天裡氣候兩三變幻，而無須破格。

得先允許自己痊癒才行。

二十自述

我戀父。

這件事情其實沒什麼好遮掩不能言，母親們在成為母親之後方能是女人，而父親們卻相反，他們先是勇敢的男人，而後才成為父親。泰半因為我的父親在二十歲上失去了他的父親，也一併失去了依循的典範，在我眼中，他的樣貌是個徹底的男人，而不曾是一個父親。我也直要到過了二十歲，認識我年長的情人並愛他如愛我的父親，才終於學會如何當我父親的孩子。

二十出頭歲。總是幾年前的事了，還拿出來說，為的是什麼呢？

故事所以為故事，終究是要落筆成文，才會知道它們早在我身上留下了痕跡，斑斑如許。對父親來說亦當如是。只是歲月流轉沒什麼聲音，父親又向來少說體己話，有次他試著扛起甫購回的桶裝水，卻險險跌坐在轎車旁邊，我方知年過五十的父親已不再強壯。噯，什麼時候，父親不必低頭，我的視線能越過他肩膀頭頂，能看見他頭頂心新萌的白髮。父親說一個沒注意，你偷偷長這麼高了。

他動唇說話時候，下頷也有斑白的鬍髭。

※

那陣子我正準備研究所考試，整天如火如荼地念書，軌道上的生活幾個月下來就理所當然變得過分簡單。所有的書籍理論實證研究慌亂亂罩頂，那天我在圖書館做了個不好不壞的夢，夢裡一片原野平地，風吹颯颯。一個男人背對著我，背脊安靜起伏，像在說話，但聲音我聽不真切聽不清晰，整個兒的場景面向陽光，他背影很高，我踮起腳尖，看不見他肩膀前方是湖是林。醒來發現在圖書館再待不住，太安靜的處所沒人說話，就太容易聽見自己的聲音，挑高的屋頂上幾朵烏雲，拿不得準什麼時候下雨。閃電。悶雷。

索性回家。進門看見客廳攤著幾只保麗龍箱子，父親說是今天休假，趁早到漁市撿了整箱極便宜的南極小章魚，他已先烤過整盤吃了，味道鮮得，他眼眉都要跳起來似的講，問我晚上想吃烤的還是清蒸。我不知道哪兒不對盤，煩悶悶的看他笑，就覺得腰間給虎頭蜂螫了地整個人掀了蓋子，說章魚？我不愛章魚你自己吃了開心就好。

父親皺起眉頭說，你小時候愛吃章魚軟絲的，怎麼年紀大了變不愛吃呢？

我邊大步往房間走邊嘴硬回說，幾百年前就不愛了。你反正不關心我。砰的一下關了門上鎖，拉開窗戶點起菸，呼啦啦抽。像是演場沒人看的內心戲，氣的不過是他也沒問我怎麼早回來了進度念得如何，但轉念又想他若真問了，我大概也是要火他哪壺不開提哪壺的淨會瞎問——到頭來反而是生自己的氣。氣生完了已是深夜，看客廳燈暗著，遂躡手躡腳往廚房找東西吃，沒想到父親坐在沙發上，問，餓了？給你煮個麵吧？其實來不及說我也買了些螃蟹蛤蜊，你最愛吃的。

好嗎？

好。

最近還抽菸？麵食煙氣蒸著我臉，一陣昏晃間聽父親問。

偶爾。我整個臉像是要埋進熱湯碗裡似的答他。一次深夜裡，以為父母都已歇息，我走上陽台點菸，拉上落地窗，不讓煙霧氣味飄進屋裡。菸方抽了不到一半，客廳日光燈突然大亮，嘩一下落地窗拉開，父親拿著捏陶茶杯出現，盯著我右手，我指縫還夾著菸，慌張不知何處躲閃。父親卻不說話，瞬間幾股複雜的空氣流轉在客廳與陽台之間，良久，他深深呼吸，一嘆說，早點休息別老這麼晚睡。落地窗關上了，客廳燈光亦隨之隱遁。

菸少抽點好。吃飽了早點睡吧。父親說。

※

我的情人大我十八歲，我愛他如愛我的父親。

但我不對父親直言我愛他，那太沈重了，儘管隨電影電視聲光化電裡演練多次，仍說不出口。因此，當我和情人枕邊繾綣，細密吐出言語如絲如縷，伸手觸撫髮鬢，碰他鬍髭扎扎說「我愛你」，也就像是在對父親告解一個不曾言的祕密。而情人，總是要問我愛他哪裡的，我沉吟半晌，打開了身體打開了胸膛讓他進來，床頭燈忽明忽滅，我說喜歡你照顧我生活處處妥貼，晨間一杯咖啡幾片吐司煎蛋，勸我不挑食，喜歡你注意我比注意自己多。說一說喉頭癢癢的就不說了，我說，這些話說得黏膩了你不愛聽。

他說，我愛。說下去。

那時，大我十八歲的男人睜大了眼睛，深深地看進來，一切姿勢動作都停止，電壓突然穩定，床頭燈靜止在最亮的瞬間，我撫摩我情人的臉頰，說，你在擔心什麼？堅強果敢的男人們，康健朗朗如斯，卻原也會害怕嗎？我不忍翻開他鬢角說這裡已些許灰白了，他跟我父親一樣的，無論前往世界任何角落，也要被時間經緯標出位置，日漸老去。更何況男人們總是不擅躲閃，只是我不忍心揭破父親，他把染髮膏放在掛櫥最高處，每每踮著腳尖才能拿到，偶爾失手碰跌了其他瓶罐，我都聽得仔細，而那不過我伸手即得的高度。我少年時代擔心的，自己總有天要長得比他高，看得到他前頭的風景，我會心慌。

是以我的情人必要是比我父親高的。更要比我高些。當他走在我身前，我只要能看得到他肩膀，不必看路也能安心。

我的情人照看我如我的父親，從一日開始的時刻，不想離開被窩暖熱，不想面對滿屋子寒流和壞天氣，想有天初醒，我的情人走過來望床緣一坐，拎著外套說——把外套放進被窩裡，等暖了再穿。起身動作慢點，別著涼了。那年冬天比這時更冷得多，窗外蜿蜒著軍功路整山的樹聲蕭瑟，打衣櫃裡拿出襯衫長褲，毛衣夾克，理整了出門上課，鎮日身上都留有他味道。

故事啊，故事。終究是要落筆成文才會知道，原以為厚實的城堡牆垛，極不顯目的角落處，青磚罅隙，苔蕨靜靜生長。他的身體在老去，記憶在老去，我和他的差距，比他和我父親的差距來得大。他會說，他還記得那個青春期的午后，眷村泵浦打出地下水流過胸膛的溫度，恍恍然，我彷彿聽過父親說起類似的故事，或許是發生在宜蘭的野溪澗，課後，父親喳呼著玩伴褪光了衣物往深水處躍下，水花竹葉在周圍環繞，又好像是我的情人再三說，那溫度是冷得透了，縱使立夏也要涼進骨頭裡去，但真好。真好。我的情人還在呢喃低語，噯，你還在聽嗎？

我漸漸聽不清記不得了。沙發上，兩個人剝開了橘子分食，橘皮滲出苦苦的汁。

※

我的父親生活簡單素淨，不菸不酒，每天出門前定將襯衫隆重地紮妥，說聲我出門了，嗓門洪亮，週一週五皆如是。父親很少提及他的喜樂傷愁，也向來不說自己生活順遂或繁雜，他寧可說句——我晚回來了，就帶過了整天的忙碌憂悶。父親從不說，他一個人頂住衰老的徵候，自己讀健檢報告，拿腰帶頂住他的脂肪肝和肚腩漸寬。父親年過五十，說起新買了熟年專屬的壽險單，亦像講個不可言詮的祕密般，壓低聲音。

但幾次我單獨和父親並肩出遠門，卻又都和死亡相關。

曾祖父過世後，父親驅車帶我回宜蘭老家，伴著他和堂叔堂姑叔公姑婆在紅磚瓦舍裡講事。那天正廳沒點上燈，空氣裡飄著神龕上線香裊裊，我耳朵偶爾打開，更多時候關閉，還搞不懂每張臉孔對應的輩分，已聽得父親冷靜沉聲說，就這樣吧，也甭多添了我們幾口來分這鍋飯吃。拉著我手說，走了。我才知道，在父親背後，有個我從來都不曾靠近、無從了解的家族，如我並不真懂我少話的父親。

回程蜿蜒的山路上，父親卻少有地動了怒，說要不是你爺爺早走，今天他們哪能這樣欺負人——他的側臉若有所思，話頭突然轉往他父親過世那陣子，生活只能匆忙紊亂，身為長子的他得照顧祖母的情緒，還要掙錢讓小叔叔完成學業，講一講不繼續了，我轉頭還想問下去，卻發現父親不如我想像中勇敢，他只是凡人，講到他的父親，他會哽咽甚至也會哭泣。

父親的父親，是走得早了。

十七年前，或者更早些，祖父逝世滿了十年，深秋的夜晚帶點涼意，父親領著我搭高雄往台北的莒光號，要到壙上撿骨。印象裡，搭車的人不多，但父親緊緊握著我的手就怕我丟失似的上了夜班車，甫坐定，父親打行李中取出毛毯，給我仔細蓋上。然後我睡，非常非常深地睡了。窸窣夢醒之間，父親擰我鼻頭，拿未剃的鬍渣蹭著，喚我名字說是台北到了。仍是清冷的早晨。

壙邊，我什麼也不懂，就沈默看撿骨師刨開溼厚黑重的泥土，撬開木棺，一塊塊撿拾起祖父的骨骸，現在想來是腕骨、脛骨、胸骨、肋骨，尋了定位，放在白色粗麻布上。布的邊緣給泥地露水沾得溼了。丘陵上，滿城滿山的冷霧籠罩，盆地都還未醒的早晨，墳地旁，泥土野草間，一隻蝸牛緩慢地，正往什麼地方爬去。

我記得非常清楚，蝸牛爬過的地方，留下一條晶亮的黏液。

※

有的事情講給情人聽，是要同他對分了，擔著。同樣的事情對父親講，怕要惹來嫌念，同樣的口條語氣聽好多年，在心裡演完一整趟，還不如別講了。噯，所有好與壞的都留給自己，父子倆淨是對坐著，吃飯配電視就飽了，沉默的兩個人倒越來越像，吃飽了就打個響嗝也不害羞，按熄了電視各自進房。

那年春天放榜，我以毫釐之差，終究是沒考上研究所。

厭膩上課的午后，大雨適時地落下，我也沒去學校，逕自和我的情人約定了共進晚餐的時間，在滂沱裡逆著風騎車，往他住處去，悠忽間，褲腳鞋襪都浸透了。和社區警衛打了招呼轉進地下室，停妥車，晾起雨衣安全帽，漫步到他的停車位上——仍是空的。

那一瞬間，我心底什麼東西像是被狠狠地揪了一下。騎了這麼遠的路，卻還看不到他，一百多個耗在圖書館的日子都不算數了，零點幾分的差距，我要再花上一年時間去縫補。我二十一歲，和我的情人在一起不過幾個月，有一天他是否將再不認識我。我會變回一個陌生男孩，不佔據任何位置，他的心恢復成空的車位等別人來停。或許他還在山腳下堵車，或許，說得白了，有很多事情不過是被天氣決定，被時間決定，比如說下班時間的和平東路，引擎蓋上熱氣蒸著雨水淋淋。

想這些沒什麼用。我上樓進門，換下溼透的褲子，坐在電視機前打開整盒子的哇啦啦，哇啦啦，陪著窗外暮春的雨像是都不會停。拿毛巾擦前額臉頰，手臂腳踝，陰雨瀰漫，我一個人杵在嘈雜裡等待。

門鎖乍響，他一個乾爽俐落旋身進門，看見我，邊脫鞋邊扯直了下巴笑說你回來了，沒給淋溼吧？雨真大，怎麼不說一聲我好去接你。

我積累了整天的抑鬱像是一刀被戳破似的，脆弱再遮掩不住，等不及他放下公事包，就快步走過去抱緊他，眼淚巴答巴答地落在他西裝外套上，他有點驚愕，又好像有點了解，兩個人侷促地站在玄關，臉直直對進他肩窩裡去，胸膛對著胸膛，他拍著我肩膀說，好了，好了，我在……

我卻給自己情緒的突如其來搞得有些昏眩。他拿紙巾拭了我兩頰，問說怎麼回事，不是才擦乾了身子，又把自己弄得狼狽，幹嘛呢？我閃躲直說沒事，沒事，壓力太大了吧最近。他大笑出聲看破我，說好好好，你書沒念好是我沒留太多時間給你，我的錯，你怪我吧——但飯還是要吃的，對吧？我噗哧一下倒笑了，說當然是你的錯。他說那我們去吃點好料的平復一下，吃同壽司好不好，點你最喜歡的海膽壽司，螃蟹味噌鍋……

※

中元過後，望月照例是要消瘦的。

當我的情人更了解我，我便逐漸認識到，他背後也有個祕密。好像我父親自己頂著家族整個兒的稗官野史，我的情人，也是一個人扛著兩個人的愛情。颱風帶來豈止滿屋滿街的壞天氣，我對我的情人說，我們分開吧。

我這麼愛你，可是我又決定要離開你。

我們分開吧。我也曾在日記裡對父親說。當兩人齟齬對峙的時候，我不只一次想割除自己承繼於他的部分，那沉悶的壞脾性，不夠英挺的容貌像他，身高像他，三尖瓣膜閉鎖不全的心臟也是他給我的。當然還有——父親的姓氏，他的道德與意志，與他親身體現，一個勇敢男人的典型。我曾想要離開我的父親，想要多點踟躕猶疑，不那麼快成為一個看似毫無所懼的男人。不那麼快收拾柔軟的身段，不那麼快探頭上路。

父親，我終究不能成為跟你一樣的男人。我常哭，怕黑，偶爾寫詩悼念逝去的戀情。我並不勇敢，卻又勇敢到足以走上跟你不同的道路。只是父親，我獨自走了一段，才發現即使逃到世界末日，還是要與你永恆地牽繫。才發現，即使我長得比你高，看見的風景彷彿比你還遠些了，我仍希望自己回過頭去，就能看見你。

而當我辨明方向找到回家的路，雨就適時地落下了。

雨，總是適時地落下。

※

今年我二十四，我的父親五十四。我的父親一向素樸，簡單，不太高，這幾年開始有些駝背。至於我的情人，分開以後，我就不再去計數他的歲數。想他也是會變老的吧，我卻寧可他就停在我們分開那個夏天，哪兒也別去，那麼當我年紀更大些，或許他會不那麼像我父親，而我終於可以愛他，如愛一個真正的情人。

父親生日，左思右想他從不缺什麼，不奢望什麼，還是給他買了條愛馬仕的絲織領帶。朱紅色的，織著暗橘條紋，我想我的父親值得這款鮮明顏色。不出意料，父親是喜愛它的。他在鏡子前頭打起領帶來，我說，噯，真好看。父親說，都這把年紀了才說好看，究竟是要給誰看去。

父親背著我說。人老了，生日偷偷過就好，千萬別讓老天爺知道。

他背對我。我彷彿又回到夢境的原野，但沒有風吹蕭颯。眼前仍是那個男人，他的背影安靜起伏，卻像是小了許多。父親對著鏡子低聲說著話，聽來，更像在啜泣。我不再試著捉摸他究竟說了什麼，只是走近他，伸出手，輕輕拍撫他抽動、起伏的肩背——

父親，我希望你知道我是愛你的。

而我終於說出口了。

蛋

我側臥。蜷屈。感覺自己是一顆蛋。

當然我只是讓背脊靠著牆，拉一拉棉被，感覺罩著口鼻能令我安全，昨日的吃食在肚子裡緩慢地消化。蛋殼內的我，有細胞繁衍，分裂，生長，靜靜的殼，像口井包覆。時間過去我軀體將漸次成形，毛孔中萌生出細幼的羽翮，可能我將學會飛行，褪去絨毛換上一身束挺的飛羽，那樣的鷹隼鳶鷲啊。也可能歷經什麼變故，孵化的我對著鏡子認不出自己，或許我從不能真正認得自己。然後時間過去。殼外頭彷彿開始有了些光亮，有些動靜，天頂上滲入血紅光線，溷淆那原先在四方變形蠕動的黑暗。

有天醒來我將學會飛行。老鷹將已屆習飛年紀的幼禽推下懸崖，從這裡跳下去就可以了吧，書上總這麼說。我奮力拍撲尚未豐滿的羽翼，彷彿半夢半醒間墜落時候已是清晨，房間門打開，媽探身進來，說你怎都沒睡？

從被褥中伸出頭，我睜開浮泡雙眼欲蓋彌彰說有睡，有睡啦。剛醒來而已。話聲嚶嚶喉嚨乾澀不成聲調。在殼裡待得太久，我彷彿忘記了該如何入眠。

※

我縮回被窩。幾歲的人了還怕黑，大白天的，把所有燈都點起仍覺得暗。感覺自己真正成為一顆蛋了，而蛋也會有憂鬱的時刻嗎？一顆蛋，就只是蛋，不允許自己是快樂的。那陣子成績直直落，不想見到同學更害怕面對老師，就編造更多理由不去上課。有些是真的，有些不是。其實多半不是。憂鬱是真的，生病是假的。說一說，好像變成真的那樣一回事。在城市裡巡行，遇見一些靈感，這段那段寫一寫，又在稿子上畫個大叉，寫不下去。好像國小時做過的實驗，每個人領隻雞蛋回家孵。首先準備三十瓦的白熱燈泡，盒子，和溫度計。放盆水。溫度要保持在三十九度上下，孵蛋期間早晚各一次記得給蛋翻動。

對一切失去興趣的二十多歲，沒選到多少課，早晨總睡過頭。參加考試，以為自己準備好了卻考得很糟。梳了髮蠟騎車出門，到半路突然覺得任何事情都不重要，掉頭下山。回家睡覺。媽掀門進來，說我真的不喜歡你日夜顛倒該睡覺不睡覺。二十幾歲了我們也就不再管你這麼大的人了怎麼還學不會照顧自己對自己負責。媽說，你托福考試念得怎麼樣了也不需要我們來提醒你了吧。

我們從來也不要求你要多有成就，可是你該睡覺就應該去睡覺。媽說。

我最擔心你生活晝伏夜出，媽說話聲音像一隻老母雞，每天早上嘰呱嘰呱探進房間，嘰呱嘰呱坐在床邊。嘰呱嘰呱地離開。黏黏膩膩挨著她的蛋。

她老是說，我們。

媽說，你不要成天菸酒不離。作息要正常。不要胡搞瞎搞。從小我們也沒教過你什麼壞習慣，你爸也不菸不酒不熬夜的，怎麼你進了大學就學了這些。為什麼，你就是要跟我們都不一樣。媽說我們的時候我躲回殼裡。或我一夜迷魅輾轉，沒真睡著也沒真醒來的時候感覺再待不住了，隨手抓了幾件衣服，換了，就倉皇出門，媽電話追過來說你今晚要不要回家吃飯？

不，不要。像一扇門在背後重重地關上。

像一顆蛋，殼很硬，硬得，二十一天的孵化期很快過完，還未準備好要探出頭去。不確定這蛋何時孵化，不確定自己是雞還是鷹。媽說，你看姊姊那樣畢業了就找個穩定工作，也挺好的。媽說你當時為什麼不填商學院呢，或其實像你這樣能言善道的人我覺得法律系也滿適合你的。媽說，你念書我是從來就不擔心可是你有沒有為自己的未來多做點打算。媽說像姊姊當時雖然修了教育學分最後沒去當老師，有點可惜，不過其實我覺得當老師是最適合你們的了，有寒暑假，薪水穩定，唉不是我愛念你，可是你還是應該要多想清楚自己以後要做什麼……

剛受精的雞蛋，如果放進冰箱兩三天再拿出來孵，還是可以孵出小雞。但前提是，那必須是只不曾孵過的蛋。孵過的蛋，裡頭已經有胚胎在發育，放進冰箱，慢慢成長的小雞在殼裡邊，好像嬰兒被扔進南北極天寒地凍氣候裡，怎麼能活？

媽說，你早點回來。不要每天往外跑，出去好像丟掉，回來好像撿到。

※

孵蛋日記第二天。今天下課以後和同學在學校玩閃電滴滴，玩得太瘋，回到家就忘記要給蛋翻身。沒關係明天再補回好了，明天多翻幾次應該可以吧。我最不喜歡寫數學作業了，就叫姊教我。孵蛋日記第三天。今天早上給蛋翻了一次，中午放學回家就再翻一次，水盆裡的水好快蒸乾了，就再加水。晚上要上鋼琴課可是我都沒有練琴，一定會被老師罵。好不想上鋼琴課喔。第四天。該做的事情都有做，檢查溫度溼度正常，好想把雞蛋拿起來搖一搖，聽聽看裡面會有什麼聲音。

雞蛋裡面緩慢成長的小雞，在胚胎發育期間會發展出血管系統，吸收蛋黃養分，供蛋內的幼雞成長，慢慢成形。

如果孵蛋過程受到意外干擾或中斷過長時間，蛋死亡率極高。

孵蛋日記第八天。每天都要給蛋翻面，可是我幾乎都會忘記。只好請媽媽提醒我。晚上上科見美語，我知道雞蛋是EGG，雞是CHICKEN，電燈是LIGHT或者LAMP，溫度計是……我有問老師，可是單字太長我沒有記起來。孵蛋日記第九天。沒有任何動靜。孵蛋日記第十一天。今天原本要上鋼琴課的，可是我在學校玩的時候跌倒把眼鏡跌歪掉了，手也受傷，逃掉一次不用上課，這真是塞翁失馬，焉知非福。爸帶我去眼鏡行重配眼鏡，回到家媽說已經幫我翻過雞蛋了。謝謝媽。孵蛋日記第十二天。眼鏡要過兩天才會配好，今天就先請假，反正去學校也看不到黑板。在家裡就盯著雞蛋看。拿起來看，發現裡面出現一些黑色的影子，是我的小雞嗎？

從什麼時候開始，我真切希望自己能夠和他們不一樣。媽說，你有沒有想過以後要做什麼。不要老是想著要標新立異，像我們穩穩當當的生活，也很好。我說，我還不知道我以後要做什麼。

但我不想像你們一樣，三十年都在做同一件事情。

一顆蛋裡頭，黑黑的很黏很靜，看不見的地方好像開始突變，翻個身都嫌殼裡邊空間窄仄，想走想逃，城市裡立著一道牆。想繞過去但不可能，別地方還有更多的牆。撞上去，蛋有殼保護著，感覺不到痛。撞得更用力，卻是在殼裡把頭撞破了，但沒有感覺。沒有痛。不想跟你們一樣初戀就結婚，生孩子，三十年過去，時間過去。假裝精神奕奕地在咖啡館寫詩。喝咖啡打醒自己，喝酒則是打昏。繼續談著不長不短的戀愛，分開了之後感覺不到痛。只是空空地，發一場瘋。像詩人寫蛀牙，一種空洞的疼。慢慢的，但很深。

從一顆蛋開始，我蜷縮著想，曾以為自己是鷹的傳奇，後來才發現，我會是雞還是鷹，其實也不是自己可以選擇的事情。

孵蛋日記第十六天。雞蛋動了一下。是我看錯了嗎？很興奮去跟媽講，媽說，如果順利的話再不到一個禮拜蛋就會孵出小雞囉。孵蛋日記第十七天。放學回家又把蛋拿起來左看右看，蛋的重心和剛開始的時候不一樣了，放在地上，也會自己左搖右晃。

※

只是這二十出頭歲，彷彿我在蛋殼裡待了許久，想像細胞分裂身體成長，蛋殼裡浸滿了尼古丁、酒精，浸滿知識、忿怒與哀愁，浸滿一切好與壞的。

慢慢成長，許多個二十一天可以孵出許多隻小雞的日子，我翻過書頁飢渴地吸收那所有的營養。不想回家但還是要回，自己其實哪裡也不能去。媽說，你不是說想要申請美國碩士班托福要不要補習，有沒有錢。媽說，家裡鋼琴就擺在那裡你沒事也去摸一下，小時候投資那麼多時間金錢不要就這樣放下了。你高中的時候不是玩過電吉他，現在呢？媽說，你不要好高騖遠，總是讓我煩惱擔心。什麼才藝什麼練習，時間過去歲月更迭便都放下了，二十出頭歲，感覺自己空手而回。

孵蛋日記第十九天。不知道怎麼了耶，蛋裡面的小雞不動了。明天再看看吧。孵蛋日記第二十天，小雞還是沒有任何動靜，怎麼可能。老師說正常的雞蛋大概二十一天、或者二十二天就會破卵而出。第二十二天。第二十三天了。小雞是不是不會孵出來了？我問媽，媽說她也不知道。孵蛋日記第二十四天。姊才跟我說，她那天幫媽掃地時候有不小心踢到箱子，翻了，雞蛋滾出來但不知道有沒有撞到東西。我好生氣，她如果不賠我一隻小雞，我就再也不要跟她說話。好生氣好生氣。她為什麼不小心一點？

我側臥。蜷屈。時常失眠便感覺自己是一顆蛋。這殼裡頭雖然安全，卻如何是一襲毫無成就感的人生。二十二歲，還未有任何成就的人生，認清自己終究還是要為了別人而活。奮力考進研究所，但不快樂。確知自己是不快樂的。出門到達木柵山坳。在路上撿起一片葉子，知道它確實已經枯萎，便將它放回原本的位置，一腳踩過去，聽它碎裂的聲音。公館。學期初始搬進研究室，只有自己一人，像是從一個殼搬到另外一個。在東區的午后暴雨底下大叫。聽不見自己聲音。喊啞了，又哭。

一顆蛋，孵育過程當中有一些關鍵的時期，通過那時期之後，好好壞壞，清楚知道已經回不去了，飛鳥和羽毛，或者在殼裡邊就死去的小雞，再過一段時間便開始發出酸腐的臭。看著別人一個個張揚翅膀，起飛高翔，就縮回自己空空的殼裡邊。

二十幾歲，感覺自己即將空手而回，前方的路已經被雲翳所蔽，更高更遠的山立在那裡，不可能征服，走過去，又走回來，沒有什麼可以帶走。真正感覺自己像顆蛋，在殼裡的小雞有些窒息。覺得已經走了很遠，低頭一看，只是走在鞋子的前面。只是左腳走在右腳的前面。然後右腳走到左腳的前面。

我能否就一直待在這安全的所在，能否不要離開？

※

後來，姊還真神通廣大，不知道又去哪兒弄來一只雞蛋，給我孵著了。

在殼裡頭待上許多個二十一天，也是會想要出去。或者，在外邊放浪形骸久了，又懷念起童年，好像賴在童年的尾巴不肯離開，可能其實已離開了，卻總是會想要回去。菸酒瀰漫的狂浪青春期是過完了，從享樂與憂鬱的咖啡館離開，從焚膏繼晷的研究室離開，最後還是只有個地方可以回去。

雞蛋孵出之前，小雞會在雞蛋裡面踏步，翻動。媽說，你平常好端端的。不要讓我們擔心，不要老是在外頭搞七捻三。小雞從裡邊慢慢旋轉蛋身。啾啾叫喊。轉一點，啄一下。啄的位置一定是在雞蛋比較圓鈍那端。老媽，別人都說，我瞇著眼睛笑的臉和妳真是像。隨著時間過去，再轉一點啊漫長的旅程即將到達終點，再啄一下。但妳我都知道，我的靈魂和妳不同。小雞再次啾啾。母雞在外頭聽到了，也會啼鳴回應。只是老媽，我越想和妳不一樣，就發現自己距離妳越來越遠。老媽，外放不羈的孩子，和純真質樸的孩子，妳比較想要哪一個呢？

其實我知道答案的。

現在我和你們都不一樣，可誰也說不準，以後的事情會變成什麼樣子。真正感覺自己是一顆蛋的時候，時間到了，等小雞繞著整隻蛋啄完一圈，牠便會從鈍圓的裂痕部分掙扎著，頂開蛋殼。剛孵化的小雞全身絨毛都是溼的，看起來非常醜陋小隻，一點都不像雄赳赳氣昂昂的公雞，更不像渾身飽滿柔軟的母雞。但是但是，等到小雞羽毛全乾了，就會蓬蓬的非常可愛。

小蜜蜂

「小蜜蜂你只管安心地去，不要回頭不要掛念，到了那裡，就不會再有痛苦。到時候再照看著我們，現在不要多想只管去吧。……」

住院第十日。禮拜六清晨七時許，小舅從腫瘤病房移到地下三樓，沒有窗戶的走廊連燈具都格外疏散，是擔心過強的光線誤引了往生者的路，還是，讓生者不必看清楚彼此的表情。拉開大體袋廝繩束口，小蜜蜂面色蠟黃躺在那裡，外婆母親一次次喊著他的名字，好像還可以努力把他喚醒來，喚熱來。或者到最後了，喊著，不要小蜜蜂在這繁花人世流連，遺忘了回家的路。

入秋以後是難得晴朗。再兩個月，小蜜蜂才要過他四十五歲生日。

往生室管理員嗓音鈍鈍說，先別看了，到殯儀館還可以看。

※

四十五歲人可以崩可以壞，但誰都沒想到會這樣快。

住院之前三日。小舅自己開車回宜蘭，向外婆報告病況。那時看來活蹦亂跳一個人，還是一派樂觀，只說偶爾身體裡頭有些痛感，抓不準位置，接下來住院是化學治療，沒啥礙事，不就是掉掉頭髮！照療程走完便會好轉。會好轉的，畢竟黑色素瘤原發病灶兩三月前已經切除，少三隻腳趾，請領到殘障手冊，手術後沒缺手斷腳已經好慶幸，只要還能開車就想，沒什麼。

沒什麼！小蜜蜂總是這麼說。在兄弟姊妹裡排ㄠ五，和長兄足差了十二歲，天不怕地不怕的個性，也不愛念書，國中念完沒升學，四處打零工，存了錢就買一輛三陽工業三門房車，改車改上癮。方向盤換成飛機駕駛座那款，說是很帥。但也很危險，緊急打彎抓都抓不住。不要緊嘛，排檔箱和煞車都改了，很有力。加速超快，在高速公路上吃一些罰單，但反正寄到宜蘭老家，天高皇帝遠，也從來不去繳。

但改車，錢像用燒，好快燒沒了。大概也是頂不住他幾個哥哥姊姊成天念，嫌，開口向外婆借幾十萬，不多不少一筆，講要在桃園開洗車店。

浪子看來要回頭，給不給？

給了。

後來去了桃園探他，洗車店半開不開，小舅坐在電視前面叼著根菸，打紅白機炸彈超人。母親走過去，搶下菸頭扔在地板上說還抽，生意都不用做，小蜜蜂嘻嘻一笑，說最近雨季嘛，洗車人本來就少。沒理會母親嘆息搖頭，轉過頭來望我招招手，露出整口煙燻的黃牙說，來，舅舅教你打電動，很簡單，控制方向然後按鈕放炸彈，把敵人炸死，就贏了。來試試看嘛。不對不對那裡沒路，你怎麼把自己塞進死路，看吧，死了。你要看敵人怎麼跑，早一步計算爆炸的時間，移到這裡，放炸彈。對就是這樣，很簡單……

住院第六日。身體四處疼，腫瘤病房像一個巨大的壓克力盒子，千足蟲在身體裡剮，小蜜蜂給盒子困住，盲盲目目闖，衝不到出口卻碰得全身傷，投降了。說給我止痛吧。住院第七日，嗎啡劑量又往上調。第九日，小蜜蜂緊抿著嘴唇，快要抿出血來，沒再說什麼話。

肉身蛀蝕。肉身苦楚。

小蜜蜂總是獨來獨往的，也不願意麻煩人家，選了個禮拜六走。若別的日子大家要上班，想是要搞得人仰馬翻，好在是這天，我們可以來看看他。母親說。母親把掌心緊緊捏在我手裡。母親說，那時候留在學校準備考試，都是小蜜蜂送來的便當。他總是在教室後面探頭探腦，直到同學發現他，喊小蜜蜂、小蜜蜂……

※

大多數黑色素瘤全身性轉移的病患，對放射線治療與化學治療的反應並不很理想。黑色素瘤一旦擴散，乃是惡中之惡……

早期發現儘早切除，預後理想，不致對人體造成危害……

※

那時小舅還沒有家累，其實就是認定了自己沒有家。也不是不知道家人擔心，就是仗著年輕驕縱，一股氣燄，四處闖。闖得頭破血流，爬起來，把檳榔丟進嘴裡，點起根菸，再拚。工作？養得活自己就好，小蜜蜂是天不怕地不怕，定不下來的孩子王。過年回到宜蘭，車才停好走進來，看見我們一群小鬼頭就咧著嘴笑，說宜蘭有夠無聊的吧？小舅帶你們出去兜風。嘩，怎麼不好，風一樣來，又風一般捲走整狗票男女兒童的小蜜蜂。

直要遇到在永和百貨公司站櫃的大女孩，好像孫悟空撞上如來佛，過一陣子，聽說小舅要結婚了。都直覺不可能，他工作從沒穩下來超過半年，養家？笑話吧。更聽說他執意要大女孩辭了工作，拍拍胸脯說，我養妳。半信半疑的家族給了祝福，後來捎來消息，說在批發市場謀了事，小蜜蜂早晨五點天都未亮就出門去，送貨，搬運，賣了他的改裝三陽，每天開著小發財車打菜市場繞，才相信小蜜蜂這回是認真的。後來小舅媽懷上表妹，小蜜蜂更忙了，兼好幾個差，雨天炎天水裡來火裡去，表妹出世，有了一個家。

後來幾年間，就好少見到小蜜蜂。

※

後來一次過新年，他走過來拍我肩膀說，看你長這麼大，才知道小舅老了。

今年初夏在腳底板發現一個癤子，化了膿，懷疑是市場地面積水不乾淨，也不知何時受了傷，沒注意調養，開始爛。住進永和耕莘醫院，初診結果是蜂窩性組織炎，投了藥，臉色蠟黃躺在床上，我們一群大孩子去探，還是嘻嘻一笑說小舅愛喝酒，肝沒養好，好快就遭到報應了。小蜜蜂天不怕地不怕，笑起來臉是苦的。外科清創，手術刀挖進去，整塊爛肉切下來腳底板厚度剩一半。包紮了，投藥，創口急性感染，發著燒，昏迷。肝功能指數高了又高，高了又高。小蜜蜂天不怕，地不怕，半夢半醒囈語裡都是表妹名字。想是捨不得這樣走了，某個夜晚過來，醒了。奇蹟一樣所有發炎指數回歸正常，拍拍胸脯說好了，出院吧。

沒什麼！

好沒多久，又壞，四十五歲人可以崩可以壞，耕莘方面好像兩手一攤，說我們無能為力。病歷連人一齊轉去台大醫院，又進手術房，切掉三隻腳趾，腳都不像腳了，小蜜蜂說。之後開車還行，但不知能不能扛菜搬貨？有些忐忑，說阿姊阿姊，妳去幫我申請診斷證明吧。請領殘障手冊，表妹剛要開學，拿低收入戶證明跑幾個程序，學費全免了。

阿姊、阿姊。小蜜蜂昏昏沉沉喊。

※

住院之前五日。切片驗出來黑色素瘤，排定了要接受化療。

小舅媽說，只是他回冬山還跑出去抽菸，命都不要。我只是想算了，已經懶得講他。不要他抽菸喝酒，懷孕時候勉為其難戒了，後來又都還是沒改，偷抽，一小罐藏在身上出門了喝。女兒回來都會講。大表哥那時候在桃園的洗車店幫過幾個月忙，說小舅生活習慣之差！熬夜，喝酒，抽菸檳榔，都來。也知道身體不怎麼可能撐得過化療，藥性強烈，藥投下去，肝大概就死了。住院第一日，小蜜蜂自己開了車到台大醫院，停進格子，一停就是十天。

住院第二日睡了整天，黃昏黑夜黎明白晝，不再有邊界。隔壁床推進來，過沒有兩天推了出去。不知道推去哪裡。住院第三日。

住院之前不知幾日，腫瘤細胞已悄悄豎起佔領的旗幟，像這幾年夏天，蜂房裡瀰漫瘟疫。腫瘤病房是個巨大的、透明的密室。而身體也是，身體困著自己繁衍出來的惡中之惡，住院第四日，小蜜蜂在醫院腫瘤醫學部病房受洗。外婆坐在床邊繼續數著佛珠，數著。百零八顆是諸法空相不生不滅不垢不淨……住院第六日。投降了，說給我止痛吧。嗎啡打下去，不痛了。打更多的嗎啡。是故空中無色無受想行識無眼耳鼻舌身意無色聲香味觸法無眼界乃至無意識界無無明亦無無明盡乃至無老死亦無老死盡……

前幾天和他說話，靠得好近就聞見腐爛的味道。只是不想承認。嘴裡說化學治療，沒啥礙事，不就是掉掉頭髮！照療程走完便會好轉。會好轉的，住院第八日。腿上已經看得到黑色斑塊，癌細胞長在那裡，紅紅黑黑，爛爛的發臭，至於其他看不見的地方，心裡就有個底。住院第九日。

只是不想承認。

身體不知何時全盤皆墨，藥還沒投下去，小蜜蜂，停了。

住院第十日。從腫瘤病房移到地下三樓，不到半小時禮儀社黑衣人走進來，簽定了禮儀形式日程，疾病苦痛在這裡都不作數。覆上一襲白布繡有紅色十字，身體尚稱完好，是這樣的一具身體。送進冰櫃之前，二舅站在床頭，要小蜜蜂安心回到主那裡，只管安心地去，讓天使領你的路，不要擔憂害怕，到了那裡不會有痛苦。

會有天使領你的路，小蜜蜂是生了翅膀的，天不怕，地不怕。

暫時停止呼吸

春秋交替遞嬗，萬物在季節裡滋養生息。病毒繁衍瀰漫，於是造就了疾患。病在呼吸道衍生出更多壞的細節，極微小極微小我們的敵軍，在沉默裡不費兵卒，便封鎖了城市。

疾病蔓延最厲害一陣子，城市四處蓋上口罩，彷彿給自己穿上了棺衣。臉孔隱身在片面的堡壘後頭僅露出雙不安的眼神，捷運上，偶有人止不住喉頭發癢的癥候激烈地劇咳，整列車亮起無處不在的紅燈警報好像那人是攜帶惡疾的噴霧器，全體退避三舍動作之齊整，可能唯有小學運動會的進場行伍方能與之比美。因為每個接力著咳嗽的人，都是攜病帶菌的嫌疑犯。

你無須獻身，亦無須等待死亡到來，只是城市要你離開人群孤獨生活一陣子，只是自主隔離請你暫時停止呼吸。

衛生署官員發表談話，請各位民眾不要過分驚慌根據最新研究報告該種病毒並不會經由空氣傳染只要做好個人衛生可以保障健康無虞……可是天啊他並沒有戴口罩盡是口沫橫飛噴向那些朝他進逼的麥克風天曉得麥克風接下來會伸向哪個無辜的犧牲者。

每個嫌犯都是病菌暫時的居所，每一次呼息吐納都可能是牠們遷徙的道途。不要去碰公車上的握把，不要用網咖的滑鼠。不要，不要在電梯內交談不要用手去推門。不要不要不要。不要去碰別人摸過的地方如果無法確定他是否發著潛熱的燒。不要親吻，即使她是你的情人也不可以。整座城市的醫療等級口罩賣到缺貨，衛生署官員不得不再次登上電視發表談話，宣告一般的棉布口罩即可有效防止傳染請各位民眾不要搶購N95口罩以免第一線醫療人員沒有安全的口罩可用。

不要在自助餐檯前講話。不要前往疫區旅遊，即使您現在已住在疫區之島。有發燒症狀請不要搭乘大眾運輸系統。不要。不要不要。儘量憋氣不要呼吸，但要保持微笑。

城市居民草木皆兵杯弓蛇影，急於窮盡一切方法揪出任何疑似患病的不良品。大樓梯廳全副防護的保安人員手執耳溫槍篩檢訪客的健康狀況，車站架設紅外線攝影機如照妖鏡般顯示出體溫高於三十七點五度的肉身。這一切差可比擬惡靈古堡生化危機那劇情，只是出沒你我身邊不是殭屍不是亡靈，而是生生的鄰里住民，更加切身，更加貼膚。

上班族女郎隨身帶著酒精棉片，從咖啡館離去前先將擺在桌上的手機前後擦拭。接完一通情人的電話，連那性的慾望的潮熱，都令人懷疑自己是否已罹患了惡疾。

隱形的敵人啊，封鎖城市隔絕人群，鎮壓所有醫院和社區。連對談都小心翼翼生怕沾染了誰的口水，再沒有誰敢講到嘴角全泡。那一陣子，連最寂寞的計程車司機都不敢開口攀談，唯恐將令他失去最後一個勇敢的乘客。戲院百貨都給恐慌的白霧浸滿了，彷彿一對浸潤在組織液裡的肺葉，吃力吞吐為數不多的空氣。令人震驚的耳語以光速流傳，聽說城市的下水道都已被患者的糞便所污染……

擁抱我，但不要吻我。不要。這最恐怖的季節何時才會過完？

香江拾遺

第四度到香港了。若朱天文的不結伴的旅行者，說的是人們以唯物觀對抗孤絕寂寞，任憑城市萬象濤湧而來，說是自我不存在，則也必然無所謂孤寂——那香港對旅行者而言，必然是一座完美的城市。唯物之城，觀覽購買，別類分門，理清物之排序與編列，香港的一切運行疾如雷電，人在其中，怎來得及感知歷史。

一座對人如此頤指氣使的城啊。

城在偉岸大陸之南巍巍長成，新舊交替，歲時相生，是歷史的偶然，也是偶然的歷史。好比我們結夥眾人計畫再計畫，途中彷彿有什麼突發的雙城故事正要發生，卻給陣風吹過，便散了。

倒也無妨。前幾次去香港，和姊姊，或一個人隻身。那陣子同父母關係奇差，要講壞大約就是那樣了，說沒幾句話便吵起來，負氣訂了機票酒店簽證隔週就飛，也沒交待哪兒去只說兩三晚上不回家。像是流浪，自己個人在香港街頭賊晃，累了便蹲在路頭抽菸。免稅店菸抽多也不心疼。走進購物中心想給自己買些什麼，左看右看，又再放下，打包整箱整背包的氣惱老遠來了香港，啥都沒卸下便回去。

總之，香港。

這回不結伴旅行者找足了差不多的人口，一行七個人，加起來認識的時間超過五十年，省卻那些磨合林總，排當行程，同行有時，獨走有時，挺好。香港幾日之間卻下著忽大忽小的雨，整座維港給濛得晦暗陰鬱了，才驚覺從前我以為港島天際線會永恆晴爽。維多利亞港是條微型赤道，旺角是永夜，港島是永晝。現代性奇蹟之於這城，什麼時候開始，我竟認為香港是不下雨的。

※

也是頭次住在太子、旺角一帶。據說是全球人口密度最高的地方，一平方公里怕總有十二、三萬人落腳。夠窄仄的了，潮溼燠熱氣候裡頭，光走幾步路便叫人抓狂，雨後的濘土像不可能乾似的，蔓延在旺角街頭四處。也不是沒有來過這一帶，但住尖沙咀、住尖東，往來廟街洗衣街通菜街都像是個過客，反而選定了旺角的酒店，突然認定自己也至少算得上半個本地人了那樣，興味盎然地四處走逛，吃美心、吃甜品、飲涼水並且抽菸，姿態硬是得模仿古惑仔般睥睨。

但旅人身分早洩了底，調光調景對相機說「YAY」，權充擬仿物的必然。

孔雀東南飛，一夥人也是浩浩蕩蕩沿途曲折南行。港便在不遠的前方了罷？卻又因為見著了彌敦道上一路鉅碩的牌招燈色而感到放心，我們不都是在別的城市場景中找尋自己熟悉的氣味。然而你怎麼能夠簡單地拿西門町比喻旺角太子，又說九龍某個段次像極了台北何處的風色——倏然回身，城市依舊是同一座城，但錯失掉了的義順燉奶，再過個兩日兩夜來食，怕不會再有同等興致情味了。

好不容易到達維港之濱，幾近午夜的對岸，眾樓廣廈皆已滅熄光線燈火，睡了。港邊悠悠響起地鳴之聲，我竭力辨識著港島東南方，那積聚雨雲中間晃亮的雷電，幾個結伴旅行者懶坐椅凳，抱怨相機性能有限，美好不能盡述。轉念一想，又覺人生難得幾個十年相交的朋友齊聚，此中情意自是無可言傳，如此釋懷大半。拍照攝像如何，閒散漫步又如何，只要自己記得，足矣。

反正這些風色、體驗、記憶，卻要向誰說去？

這富麗之城，華美之城。其間我能知曉物之存有，卻不能逼視未曾打其中流轉的我的記憶、生命、血脈。由是，物有系譜，而無有歷史。三月，以為香港即將成為我路徑之時，敘事突然終止，我便醒悟過來那中間些微的不同，究竟所為何來。

如今，這不是一座有你的城市。

我追著自己的尾巴來到了香港，惶惶惑惑，何能得到消解？

※

購物中心幾度進出，手頭幾個袋口夯啷。先是驚詫於半島酒店廳堂之雅緻魁偉，又再驚詫下午茶組當真只有茶品足堪寬慰鎮日買進買出的疲勞雙腿。這約莫是旅人過客的本能：行在地人不經之路，食在地人不喫之物，買在地人不著之衣。

午后驟雨來得急，去得也快。慶幸及時回到酒店換上亮潔衣褲，下到梯廳，他已在約定地點等候。有些倦容，寬朗的個頭並不太高，但足令人安心，兩鬢髮絲剃得平整，在頂心留長了髮束。說是講一整天課，有些倦。讓你勞煩了，下班還跑來這兒。不，從沙田走東鐵線到旺角東，順。問外頭還下雨嗎？還下著。說話時候，寬闊的顎裡邊小小的牙，像編貝。於是我發現自己喜歡他說話樣子。卻要去哪兒呢？

大約看我面有難色，說，要不到樓上的咖啡座聊聊？

好。

其實我也不知道該如何找些話頭，有一搭沒一搭地聊，突然便陷入沉默的時候，便透過杯口偷偷望著他。問說喜歡香港嗎？還行。他便逕自說起了上回到台北，五六年前事了。回說，台北這幾年改變不少。又注意到他側頰有些斑白鬍髭，伸出手去說這兒，白了。說是，頭髮白不是真老，鬍子白了就騙不了人。你不顯老，不說年紀我也不能看出來的。六七年的，你八五吧？足可以當你爸了。我微微一震，老是為這些通關密語似的片刻心旌動搖，說是嗎。是嗎。

飽餐後，終究是要往雨中走的。幸好此時晴空半朗，細碎雨絲像一襲簾幕，遮得兩人並肩，可以什麼都不聽，可以什麼都不看。他在我身邊，安安靜靜走著，間歇出言，指著路邊的購物中心說進去看看？如今，我已不記得那商場裡頭陳列販賣著什麼了。怎麼可能記得？同友人訂約的時刻將屆，想問住在港島這人，要不要陪同我們乘船？但時差一秒鐘，又看他氣色有些倦，終是沒問出口。你要去尖沙咀，那乘地鐵吧。你是要一路過港？不，我等會兒折回佐敦搭小巴，先陪你到尖沙咀。

先陪你。陪著。

往尖沙咀路上，兩人保持適度的沈默，不特別近，也不特別遠。車停車行，肩膀臂彎帶著禮貌距離，些微地觸碰著。分開。又再碰觸。轉身，視線對上了的時候他便低下頭去，我笑說怎麼了？回說沒有，只是有的人眼睛特別好看，不能隨便四目相對的。他說，有的人，總是這樣。

臨下車時候，他突回過頭來，又說八月有個假，想去台北看看。

※

同行友人一夜未歸，想是碰見了些線索，忽爾憂傷，接下來會是誰的雙城記？我感到些微嫉妒，又不願承認，自己也想多認識這城這人。一如往常，我在城市的邊角之處逡行，希冀可以找到些供作留存的指向標記，但不可能。

於是我只好購物。走進又一城，挑高的大堂裡頭每個樓層給電扶梯連接，想大概有一萬個人正在這建築裡踏步。好像哪兒都去了，又好像哪兒也沒去。我拿出相機，試圖拍照，但想了想又再把相機收起。拍什麼呢？照片裡沒有的我，不能證明自己存在。只好胡亂買些雜什，衣褲，沐浴膠，拎著一只只提袋各色款式，像狗兒，像豹，像貓，在城市四處留下記號。

我得買。用買，證明生命本身不能證明的那些。

即使是書也一樣。找到些香港印行的版面，我得買，如是擁有它們，像擁有城市的各種臉孔，不買便是死別。生離還能忍，死別空長恨。裡面有沒有歷史亦無所謂，只要擁有了，架上的書背便多了些聲口腔調，多認識自己一些。

或者，走。我可以不看風景，不想，不聽，不聞。出銅鑼灣站，先東西南北不辨方位地瞎走一陣，反正總會繞回到軒尼詩道。地理感突然恢復，軒尼詩道是忠孝東，彌敦道則是中山北。我出生在更陌生的城市。我不在任何路徑上，不說話，無有情理，無有喜樂憎恨。走透了，累，便自己買便利商店飲料，心中不免仍要比較台灣香港的七、十一。更累，就坐下來吃凍紅豆蓮子，是謂鴛鴦冰。

銅鑼灣到中環這幾步路，年紀小的時候也不知什麼現代性云云，後來慢慢體會到灣仔老店舊街，駱克道街市整個兒地被大樓包圍，便有種半殘酷半莊嚴的氣氛隱隱生成。又聽說中環街市的地皮賣價甚好，港島這頭的老生活正以某種我們不及感知的速度消退而去。噢，是嗎。再好比我初來香港那年，九七都過了四五寒暑，當時天真以為自己可以逛逛路徑便習得這城一二事，現在想來，噯，怎麼淨有這麼多事在我長大之前便已發生透了？

渣打花園周邊，天色陰鬱，我仍勉為其難找好角度，拍了中國銀行大廈。拍力寶中心。拍完花旗銀行廣場，驀然驚覺身在香港，不在台北。來這城幾趟了，頭一次，突然想要回家。

※

禮拜天，中環聚集的菲律賓女子們，喱喱喊著渣打花園，小馬尼拉。她們也都想家吧，一箱箱郵寄而來而去的包裹，四散在騎樓。

好像台北，晴光市場。香港確實是個偉大的城市，中環、金鐘、國際金融中心都為她們備妥了空位。旅人之城，遊子之城。怕也只有這天吧，而又為什麼是中環？站在對街，半山區下來的巴士載滿了女人，我努力思索當中與台北相關的那些，階級、性別、經濟結構，好比前一夜，SOHO區的晚餐，義大利主廚僱傭的那些女子，操某種腔調的英文。好比之前誰笑稱，粵語只到九龍，整個港島講的都是英文。在這完美的資本主義市場，人們從不真正融合了，而是帶著各自的鄉愁，來到香港持續彎腰、咳嗽、歌唱。

提著新買的ZARA平底鞋，我走到國際金融中心外頭抽了根菸，再次攝下中銀大廈的剪影。花園裡，塑膠野餐布給女人們瀰天蓋地鋪陳出去，女人們斜坐，女人們交換餐食。女人們抽菸，打火機在塗紅的指甲間傳遞。我感到震動，但不能把鏡頭對準她們，我不能夠。

此時，我是即將返回台北我城的人，但她們呢？

仍為此寬慰——我何其有幸，見識得在這摩天大樓構成的魁偉市容底下，有一些無法簡單衡量的東西，正在發生。

那時，距離班機起飛的時間，又近了一刻。

獅城絮事

一直到親眼見到了這熱帶的樹海之前，我仍以為自己降落的地方會是某個與香港有著近似味道的城市。或許是看過了太多關於這島的圖像光影，都照著更好、更高、更有效率的腳本去臨摹，因此拿香港一座奇觀之城的底氣去想像新加坡，可能是初到遊客的無可厚非。

赤道附近不分四時，太陽永遠直直照著，建築人形都像沒有影子，熱得，午后雷雨滂滂沱沱下。

但樹又不同，穿行過去的雨豆樹，榴槤樹，雞蛋花樹和青龍木成排成列地遮著城市遮著路徑，在樹杈搭著些藤蔓和寄生，樹的尺寸像是毫不忌諱的熱帶的光景。亞熱帶的人來到熱帶，我不由得感覺南洋的天色竟像是誰的前世。對於這些樹影的印象似真又假，帶著太多的情緒前來這濱海的城，看這些樹與花，樓房與天氣，靈魂裡邊畢竟會有些東西與記憶無關嗎？

在〈假期〉那條詩裡邊我憑著想像寫下這樣的句子：

教堂尖頂彷彿等待著對流雨
那淋漓如笑聲的友誼。於是
我與影子出發去看海

這時我和我的情人正出發去看海了，卻誰才是誰的影子？或其實我們都是自己的影子。如果日頭炎炎底下打不出影子，我們就自己創造光。

每個城市都有自己的情結，比如說中環之於香港，信義計畫區之於台北，若是在新加坡，則當然就是濱海灣了。在這情結的敘事裡，一切都指向更美好光敞的佈局，更高更現代的樓廈，讓一切都在控制裡邊顯露出它們溫和而銳利的光——人們決定要平地起高樓，甚至讓海灣成為陸地，並再次在填海為陸的微型熱帶島嶼上，栽植椰子與棕櫚。

所以親愛的，你能告訴我，在人們新堆疊的屋瓦邊緣垂掛的綠意，為何能比原本的叢林綠得更讓他們嚮往？

濱海灣是新加坡的奇蹟。濱海藝術中心，大華銀行廣場一期，海外聯合銀行中心，還有富樂頓海灣酒店，將濱海灣捧成一個小小的環且抱著，抱著魚尾獅。而原本濱海灣真是面對海的，當這一切規則建立起城市的高度，海卻反而從視野裡給海堤退成一個小小的、溫馴的水面。城市給自己策劃出奇蹟，好像神在第四天說，我們要有中心商業區，神要每一幢大樓爭高，但又給了它們280.1公尺的天頂說，只能走到這裡。

於是城市成為自己的神蹟。為了觀望自己，神在第七天，城市趨近完成的時候，造出濱海灣金沙酒店，三幢高樓站成一氣的有些威嚴又有些唐突。祂住了進去，以矯作的身段回頭觀望自己所創造的這座城市，並感覺一切甚好。

但獅城新加坡，周身還是晾著一股大剌剌的態勢，時刻勾起一股熱帶的豐饒的香料氣味。它為何和香港不同？

即使只是幾個地鐵站出去，地景也就顯得如此不同。從萊佛士中心到牛車水，哪怕是幾分鐘的路程吧，已將城市從它自己裡邊切分出去——親愛的，你想過為什麼一座華人的城裡還有座中國城。它張燈結綵它大紅燈籠，它冶豔地劃歸出一塊土地，是為了名他們不能成為的那些嗎？像這樣的一個地方，不免透露出自身的侷限比如說，中國城當然必須是個比中國還中國的地方，憑欄遙想的側身，好比麝香好比松脂，暖暖的在熱帶一座中國城，卻只是它想像的具現。

且在矮平房的天際線上緣，大樓所凌厲劃開的線條，其實也是提點著，很像，像得比真的還真，就不是。

親愛的當然我會這麼想，這城之所以和香港不同，是它靜下來的時候非常深邃非常柔軟，走出戶外可以不辨方向，亮通通一片日光，站在赤道左近海域的兩個人，不近不遠肩膀靠著，風吹過來，海岸線上一排椰子樹讓人感覺什麼事情正在發生。

而我們在這裡，親愛的，你能告訴我什麼是香港的氣味嗎？或者，什麼是香港的聲音

——香港有靜下來的時刻嗎？

我們走過ION Orchard，走過Orchard Central，走過313@Somerset，看見聖誕樹的搭設當然我會想——聖誕節，我又將抵達另一座島嶼了，但熱帶的整年暑熱的新加坡，該如何想像聖誕節？不分四時的城，在門廊口架起聖誕樹與鋪陳的碎雪，也因此而有了季節的遞嬗，花火漫漫，當然它要有比其他地方都更像聖誕節的姿勢。

聽過一段打趣話，大意是說新加坡其實並不是開明專制政體，而是個一神教的城。當神創造這一切祂並不允許眾人說話，好比祂在這裡創造中國人，也創造聖誕節，且要它們全都並行不悖。

所以是這樣。直到要離開獅城了那時候巴士又循著原路要到達機場，我再次目得樹影後方的樓房錯落，交疊，光亮的城市分佈，乾淨爽脆得，彷佛又想起自己曾如何敘述這樣的一座島嶼，如此整潔而繽紛。一個往暖冬尋去的假期在這裡，我多麼想問的是，究竟是人在樹海裡建起了城市，還是人給城市栽植出樹海？

我能看見島嶼四方的邊境
歌頌曼陀羅開滿了我前來的路徑
我便回頭去看海

我會想念海在樹的旁邊，我會想念島嶼它熱朗朗的十一月。想念我曾以一首詩和影子去看海了，而當我真正在海的旁邊，有樹木陪著，且還有你。

親愛的，於是我們分開的班機要前後起飛，回來之後當然便知道獅城是先有了城市，才有了樹，但我不免想著，如果某天城市與文明都止息了都崩壞了，樹也仍然會在那裡的。

輯二

園區綜覽

我們將竭盡所能地服務
您不必擔心在園區內會迷路
關於方向，鬼魅與螢火都知道得更多
我們準備了鬼屋與摩天輪，當然
還有工地與戰場
我們保證所有的表情都是真的
您可以選擇隨意地在哪裡待一會兒
再前往下一座場館

創世紀

城市才自睡夢中翻醒過來，想再多賴幾分鐘床。列車從城市的肚腹間裡邊駛過，晨起人群或斜倚垂首，或閉目虛立，輕輕一陣晃盪都不能簡單驚醒。整車永遠不能饜足的睡眠，悠忽穿梭過半座城。那時神說要有光，便有了光，起初，神將天地分開，而人群創造了捷運，祂稱黑暗是夜，光是白晝，隧道是人在城裡創造的黑夜。這是週一，人群喜歡待在黑暗裡。

轟隆出了隧道，他們驚惶睜眼是問，為什麼要有光？

週一是循環之始，憊懶那些上班族半睞半閉，更像菩薩低眉。有列車往南。沉睡那黃色制服少女未在景美落車，溪河從隧道上方通過，盆地的陽光星辰必都在她躲懶的夢裡流轉。

週二，過了白晝過了黑夜，蒼穹為天，百水匯集。祂說，天下的水應聚在一處，使旱地出現。人們在眾多的檔案文件中間清出塊方寸空間，卻只是頭顱想偷閒裡瞌睡，桌面上有更多的訊息公文繁衍，好像地上要生出青草，結種子蔬菜，結果的樹木，地上的果實都含有種子。午后偶有陣雨突然侵襲，倉皇躲避人們交換狼狽與淋漓，彼此相問，怎麼只是週二而已。

唉怎麼只是。

週三萬獸瞠眼，眾生目盲。

祂說，天空中要有光體，以分別晝夜，作為規定時節和年月日的記號。於是人們說，週三是循環中點，稱為小週末吧，慶幸一週五日至此已過一半，再撐一半就好。祂造了兩個光體，較大的控制白天，較小的控制黑夜，並造了星宿。四處亮起霓虹，人們並宣告，週三晚上是淑女之夜，神給予人們最好的事物是過了黑夜便有全新的一天，城市裡最好的事物，是酒吧裡小週末進場女士免費。

但週四，繼續是饑荒是疾病，是黑死的症候與更多無以為繼。可能因為談了場一夜的戀愛，可能因為宿醉。祂說，水中要繁衍蠕動的生物，天空中要有鳥飛翔。女孩們交換商店特價的情報，粉餅唇膏色號，試驗一款最新潮的妝容，在眼角畫上飛簷，讓鳥停駐。

過了白晝過了黑夜，週五天開雲朗。

到了週末一切確實寬闊許多，幾個晝夜後又是望月，寬朗的天空彷彿容不下一片雲。列車往北出站，盆地上頭氣候晴朗得嚇人，淨藍空闊天幕都讓人想好好在那兒躺一會兒。祂說，照我的肖像造人，祂說，凡你們要生育繁殖，充滿大地，治理大地。入夜，雲開月明天際，從餐廳出來的人們閒坐書店百貨門口相談，不經意數算那些驚心動魄年頭，某些看過電影彷彿還映演在街角，穿拖鞋劈哩啪啦晃過路口的少年男女，如今都到哪裡去了？

週六暮色降臨，祂說，酒精是你們的敵人，但祂又說，你要愛你的敵人。於是他們把酒飲宴，如百鬼夜行，令繁花盛開，每個街角都瀰漫淫靡的氣息。過了黑夜又是白晝，直到東方現出魚肚米白，確知如是週末趨近終結，就著陽光互道晚安。

週日，萬事停頓日期收息，睡足了出門，很快倦了便回返，整個城市再次的動靜，醞釀一週將始的氣息。又是華燈初上時刻，魔術時刻籠罩，大樓復大樓，空氣動盪模糊，列車自三層樓高度通過，時間都為夕照靜止。

隔天又是一日將息，一週將啟。

沒有什麼是不可以的。

九〇年代的夏天

九〇年代，少年少女還不是現今這個樣子。

少年還牽著少女的手，搭238去看鐵達尼沈沒，煙囪鍋爐，那年最賣座電影有許多人看四次、五次，看完了吃西門國賓後頭那家刀削麵。藍鑽在珠寶店詢問度突然變高，但一問發現價錢絕無可能，買塑膠水晶，說是做做樣子也好。島國總統換了腔調，電視上又近又遠的聽不習慣，報股票女士的鼻音，聽起來也有點像台北車站報列車資訊的鼻音。扭掉了收音機，第四台纜線傳來紅紅綠綠數字，馬路消息說鄧小平死也說太多次了吧？

怕窮，或窮怕。中華路北站到漢口街，徒步區正要整頓，鬼影幢幢唉呀錄影機裡的七夜怪談，中華路南站的麥當勞沒有貞子，只有老人。混著牛油炸薯條的味道，比不得萬年國代日漸凋零，間些穿插的少女體味。人們學新聞說，援、助、交、際。麵店裡，年輕保險業務員左手無名指亮著嶄新婚戒，嗤了一聲說，誰援助誰？老闆娘捏著麵團往鍋裡扔，嗤地一聲鍋裡翻起滾水。

麥可・傑克森在中山足球場。住晶華酒店。月球漫步，然後捏他自個兒卵蛋。盆地一分為二，頭一半為他瘋狂，另一半看著失聲尖叫人群說，好好一個人搞成這樣？少年少女喊，麥可——心裡許願要去酒店總統套房住一宿。他們還不知道，總統套房和總統沒有關係。打工族花去整個月薪水看傑克森演唱會，再花半個月買周邊。幹，值得啦。那時還沒有人知道，傑克森即將回到他的母星去。

人潮看完演唱會，又呼啦啦回士林夜市。

下回再到足球場是頭髮梳得油亮那人啞著，爭市長連任。喊得力竭聲嘶。結果輸了，幹伊娘的外省狗！計程車司機如是說，車頭小旗印著蕃薯圖樣，等紅燈，拿起小塑膠杯，吐了一口血。真的是吐血，搭車師奶大氣不吭，怎麼說，像焦恩俊那樣奶油小生供在電視機上，多好看！小黃逐漸佔領盆地每一條道路，載到那些歸國的，不免教育近來世況，路邊有人招，往右打，方向直切，哩供丟母丟？丟啦！

那幾年，少年還不到乘計程車的年紀。少年比較關心，教育改革，才怪。教育改革前後，段考完總要打格鬥天王。神樂千鶴、草薙京、八神庵。幹，不知火舞胸部好大。後來切掉遊戲光碟，神祕兮兮餵進去另外一張沒封面的片子，幾個少年窩在昏昏暗暗客廳裡，盯著螢幕上嗯嗯啊啊，明明已近黃昏室內卻怎麼越來越熱，伸出手去胡亂尻一尻彼此，算是成年禮了。

沒人想到也才過沒幾年，實體A片？

拜託，太落伍了吧！

颱風天，社子島淹起水來一發不可收拾。賀伯颱風，把中橫公路揉得腸子都碎了。氣象局轉戰電視台的氣象主播，講話聲音越來越低，那幾年，颱風災情更嚴重，土石流不必颱風，也滾下山來。農產歉收，日子還是在過。教育改革？念書了，還玩。尻搖桿的手勁越大，越大，啊、啊、啊幹誰准你弄出來的？

快輸當然要放大絕。

少年少女長大的後九〇年代，盆地裡咖啡店一間一間地開，和那些二十年老店分庭抗禮，最好的年代也是最壞的年代，臉孔挺青生的，義式咖啡，誠品書店。新的老的有輸有贏，書店如此，餐館如此，民意代表如此。世紀末嘛！總有人會這樣說。喇叭褲捲土重來，訂做成制服褲這樣，那樣。仍然是西門町，麥當勞一間又一間地開，麥當勞都是維尼。捷運快要通車，公車路線一條一條消失，淡海？少年少女不記得鐵路，只有捷運乾淨光潔，亮麗像他們在任何地方買到的，假的銀飾品。也知道是假的，但還是要拿條拭銀布，每天擦。

九〇年代，人們不知還該不該相信神燈的年代。

車過磺溪橋，師奶邊往窗外看，邊罵，奶油市長不行啦。你看這橋下，雜草芒花長成這樣也沒人清，前市長管得就挺好。挺好的。九〇年代過完，少年開始會乘計程車了，上車報了目的地，說謝謝，便塞好耳機。到了付錢，再說一次謝謝。至於少女，則一直記得一九九九年春天，少年給她寫了封信塞在抽屜，說他其實喜歡的是打格鬥天王的男孩。

收信的人後來想起這每一件小事，想要確認一些什麼，去了西門町，終於不可能再認得每一個修改過了的街角。

白噪音

城市之所以為城市，一方面因為擁擠，另一方面則因為聲音。在紅綠燈前等待突響起一陣布穀布穀，布穀布穀。捷運轉乘的促急步伐，呼嘯而過的車流，騎士，與司機，像溺水者吞吐著最後一口空氣與濁水般，滔滔而來。更細微的地方，時有明滅閃閃熾的霓虹燈滋滋作響，身旁走過去的人突說了一句啊你也在這裡。

但說的是我們嗎？既然不是，彷彿我不在。

肯定不是的。如果能閉上眼睛那樣闔起耳朵，我是說如果。人們肩錯著肩，像小學時拉起紙杯棉線你說我聽，哈囉哈囉，聽到請回答？棉線放得鬆了些，就聽不到了你說什麼哈囉哈囉，哈囉？都是一樣。都一樣言不由衷與更多言不及義的交換，許多的我不想聽和分明不吐不快的欲言又止。從電扶梯上急奔下來那女人，心想上班快要遲到了的全身細胞將吶喊演得透徹，遂把列車關門警示音當作了耳邊風也無需再提。

都是。嚇啦啦的速食店，只是坐在隔壁桌兩個女的旁若無人說，噯她說，她約會某個男人他堂堂樣貌，唯一就是他住的地方天啊！那可怕的鐵皮屋頂加蓋她說。另一人砰的聲音關上洗手間門對著藍芽耳機喊出四個數字，八十九塊五就可以撤，某基金九十塊開始殺你沒看幾天連拉幾根紅K今天不下來是不行了……她說他說。她說他。

咖啡座走來一雙男女，一開口便知香港來的說是上回在蠔店我哋兩個人，侍應幫我哋開咗支白酒，只係食咗兩打生蠔，一個龍蝦湯一籃蒜蓉包，都已經非常滿足。係嗎，聽了都覺餓。各式樣白噪音絲絲密密，水果攤老闆喊，草莓一盒特價七十，三盒特價兩百，婦人路過老闆說欸妳要不要吃草莓？婦人說我今天買太多東西了帶不走，老闆回，買這麼多我幫妳搬回家，那妳要不要吃草莓？

要或不要，又不是我們可以選擇的。啊，你也在這裡，是啊我也在。

那母親：為何這麼簡單一題你竟然會算錯，你自己說說看考這什麼分數？啊那九十五分男孩對面坐著他的母親頭已經低得不能再低，多年以後他想起這一幕，會不會也成為一樣的父親。另一桌：拚場似的父親說，唉呀你好厲害呵考了第十三名爸爸請你吃炸雞是一個善於賄賂的父親。

我多麼明白他會怎麼說。我多麼懂。旁的人還在說噢妳最可愛了……想要不置可否又想掩耳盜鈴裝沒聽見地撇撇嘴。幸而哪個天才發明了隨身聽，卻有人在安靜電梯裡不幸戴了一組閉音效果不甚完美的耳機，於是寥寥幾人，便一同參加了短暫的椎名林檎演唱會，有時想想，這樣其實也不錯。

什麼時候開始覺得，聲音鋪天蓋地而來都無所謂了呢？

擰開電視新聞哇啦啦，哇啦啦，把天涯之外的事頭給兜攏來。俄羅斯受天災影響宣告小麥禁運將延續到明年，是的您沒有聽……沒有聽錯。轉了台，還是默禱一般把話給接完，另一台某高職爆出學生集體吸毒全班竟驗出三十二名學生用藥云云大白天的報這新聞也未免太不健康了是吧……但我一點都不關心。聲音與震怒，苛刻地逼視著人群，好像從人們身上理所當然地總能擰出點什麼來。

我多麼明白你會怎麼說。

我們存在於那漸次響起的聲音又漸次消逝，只是我並不聽。我不聽就是了。偶爾便不免期待著隨時來一場滂沱的雨，將全部的聲音都給淹沒，最好還有點隱動的雷。唉這雨還真大啊，可不是嗎。想不到的，卻是兩個一分鐘前肯定還不認識的人，這麼搭訕著，白色噪音便穿透了蒼朗的雨景。

UP!

如今，許多天空都被征服了。年輕的父親在航道底下，給肩上的女兒指著遠方越近越大越近越低的航空器說，飛機。遠方，夜晚的陽台上依稀可辨城市唯一的塔台頂端燈光旋轉，一、二、三、亮，好像有了璀璨燈火也就不再需要星光，有衛星導航人們便無需抬頭循北斗七星的斗杓延伸線，探找北極星。

在馴服天空之前，人們擁有許多的天空。

少年記得，曾在掌心搓飛那簡陋的竹蜻蜓，也想像自己搭載了小叮噹的飛行器，爬上高處，一跳。飛出三五公尺開外吧，歪歪斜斜墜在地上，摔落了的螺旋槳，無情地與竹棍軸心分了開來，少年情急奔了過去，歪頭想想，回家尋強力膠去了。其實都是想要飛，一首童年的歌這樣唱，飛呀飛呀看那紅色蜻蜓飛在藍色天空遊戲在風中不斷追逐他的夢。夏季天空突來的暴雨雷電，黑雲降落，旋即散了，陽光鋪陳得彷彿雨只是午后一夢，恍惚便過。

冬季，盆地堆垛著沈厚的北風，少年總會仰望，瑟縮在大衣或傘底，路人在騎樓下狼狽的身影彷彿什麼也不用多言，就說盡了天空帶來的一兩個祕密。

然而如今，航空雜誌上繪滿了從城市到城市的線條，墨點般，鋪滿所有星球表面每一吋空白。

當每塊新大陸都已老去，再是新的航線。北極航線。飛向雷克雅維克。飛過極光與凍原。哩程積累再積累，日暮黃昏，那一趟趟短暫漫長的飛行旅程，跨越換日線的時刻空服員提醒著靠窗旅客，請拉下遮光板。但為什麼要在這逼仄空間裡複製出發地的黑夜呢？人們跨過日期跨過時間，看見那並不存在的經線，卻看不見自己。少年儘量蜷曲身子，縮小在窄得可憐的座位上，以為自己馴服了天空，縮短了城市的距離，卻已少有城市裡的住民伸出雙手，就能擁抱整片無際的蔚藍。

逐漸熟悉拖著行李走過海關的速度，也知道，旁的人很快能分辨出這些飛行的旅客是否習於一趟趟折衝與轉運，等待出發並等待到達。

少年可以不辨方向，出了關，直奔機場快線月台。在歐哈爾機場，入境後再次將行李送往國內線班機。成田機場，N'EX最快三十六分鐘急送東京市區。台北機場捷運尚未通車，拿高鐵權充著快線吧，門與門，與行人輸送軌道，再次走過一扇門。唯有到達了候機室，距離登機時間還有二十分鐘，才終於感覺天空畢竟已是模糊的背景，透著機場的隔熱玻璃望出去，那歪斜的藍，彷彿摻雜了讓影像失真的白色噪音，帶點雜訊。

一趟旅程接近終點，接近目的地時正好是島嶼的黃昏時刻。航線東方，雲海之上，幾座三千公尺高山矗立，赤裸的岩層在夕照中竟陳列得像海中之島的行伍了。夕陽霞光在東方的地平線上給散射出紅黃綠藍的光譜，粉彩一般，對照半空之上冰藍的月色，竟已是接近滿月的時刻了嗎？然而這樣的情景只是天上有，很快機長廣播，目的地天候陰涼，班機沉落降入島國多雲的天氣。

不知從哪兒輾轉聽來一個餘興笑話，大抵是說，進入城市的方式有許多種——人類學家步行，社會學家乘車。專欄作家呢，則一律是搭飛機。

蟻群

捷運初期路網紅藍棕綠橘線，鋪張為城市裡的蛛網。有時不免覺得自己像一隻工蟻，循著相同的動線前進，循著蟻群走過的花草與砂礫，費洛蒙沿線散發，直視前方的肩膀，不必想也不必看，到達，然後離開。蛛網織在地底。安靜沉默並不說話，身邊的人們各自按著手機，悠悠晃晃傳送簡訊，基地台在地底以光速傳遞著數碼。到台北車站了。會晚五分鐘到再等一下，好嗎。對不起，今天早上不是有意如此暴躁。

嗶嗶嗶嗶嗶嗶、嗶嗶嗶嗶嗶嗶。列車進站，列車吐出蟻群的步伐如一道深邃的呼吸，列車出站，警示音響。警示音停。

他可能作勢招呼了一陣吧？

那時工蟻的耳機裡還哇啦啦唱著「it's not allowed, you're uninvited」之類的電氣聲響，開得很大聲，以致工蟻並未注意到那略胖的身形，向某處揮著手。白色舊POLO衫垮垮地搭在他身上，稍矮的體格，拄著支拐杖。不太能分辨出他的年紀，也不太能從他困惑的眼睛裡看出什麼東西。他就像會被貼在龍泉市場口，而不會有人特別留心的那款背景。

然而他確實正對工蟻比劃著什麼。他說，起竟戶……聲音非常朦朧。對向的列車正要進站。男人的聲音幾乎要消失、淹沒在忠孝復興站萬般熙攘當中。

一時沒回神，問，什麼？

他說，起竟戶，甘係往這一路？

什麼路？

大概是看出工蟻並沒有順利接收到他的訊號，男人搔搔頭，露出髮底心處新的灰白。貓著身子往牆上的捷運路線圖看，又說這裡甘係SOGO？回說是了，工蟻方意會過來他是要去市政府。啊，是，市政府往這方向去。

要坐幾站？

其實工蟻從沒有認真數算過，在台北這許多年，忠孝復興到市政府要幾站，這問題是令人要盤算一陣，答說三站。男人又從口袋裡拿出一個塑膠封套，裡頭夾著幾張千元大鈔、翻過來，背面夾著悠遊卡。

他問，這下車才嗶？

是。

月台邊上，紅色警示燈開始閃爍。往南港方向的車即將進站。男人像是想要確認著什麼一樣，說，三站。工蟻再次確認說是，並掛回耳機，「the music just makes me dance……」尋到一個沒人角落，縮了縮身，站著。當列車加速或減速，那個男人便拿拐杖撐著身子，但眼神一直盯著紅色的LED顯示板，速度穩定下來，他搓著手。搓完了，拐杖繼續撐著身子。

列車到達國父紀念館，工蟻臨下車前，男人轉過頭來，說，還剩一站。是，下一站便是市政府了。步出列車，很快讓自己隱沒在週末的人潮裡頭。

其實工蟻並不喜歡蟻群。工蟻想著，蟻群並不知道自己要往哪裡去。伸出觸角，和人碰碰，當作是交換情報了，再踏上下一段路。

台北說起來不大，但總的來說，也不是個小城市了。六、七百萬的人口在盆地裡，或盆地邊緣，循著時間軸向內收斂或向外發散，週末的移動便顯得一片渾沌，說去哪便去哪了似的。可選擇又是那樣地少，進城出城，輻輳的路徑很快又達到均衡。真要講台北人如何如何，那均質的語意，每走進人群都要被摧毀一次。

又有一次，工蟻看著身材頎長的大男孩上了車。

大男孩穿著一件鐵灰色外套，眼神犀利地轉動。從脖頸處的膚質看來，大約二十歲上下的大男孩。很快發現他面向這邊的左耳戴著助聽器。他的手指非常自然地垂下，輕輕拍打大腿，反映著某種節拍，從哪裡來的音樂，又要往哪兒去？是列車在隧道中尖叫的聲音嗎？或者，或者是頭頂上方雨的節奏。工蟻不可能知道。但工蟻確實這麼想——他的右耳呢？

一個女童揪著年輕媽媽的褲腳，那是什麼？她問。她伸出一隻手指。

工蟻瞇起眼睛側著頭，幾乎看見手指延伸出去的光線，指著大男孩的右耳。母親很快制止了她，說不可以這樣指人家。不可以。

是，最新款式的，耳，機。大男孩說。

他咬字並不十分標準，像在洞裡同自己說話。他對女童非常寬厚地笑了一下，然後他閉上眼睛。

工蟻後來懂了，城市如同蛛網一般，是蟻群的命運。

捷運站的入口處當然是階梯。持續通往地底。天頂打亮的都是白色燈光，燈光底下是陌生的肩膀。陌生的髮。女子坐水泥板凳上等車，等車的人正在補妝。水泥板凳沒什麼特別溫度。更多陌生人來了，也有更多陌生人離去。

捷運路網越走越密，往四面八方延伸出去，帶進各式各樣不同人群，可見與不可見的語言，包藏著什麼樣的祕密。

無聲的蟻群，盡是敲打出步伐與工作的聲響，在這城裡，你是庸碌的蟻或是撲火的飛蛾，從來就不是可以選擇的事情。液晶顯示屏幕登錄著往淡水方向的列車約三分四十五秒後進站，往新店方向約二分三十秒。本日動物園大貓熊參觀票券尚餘，零張。工蟻抬頭看了一看，想想這樣的城市，初冬的盆地今日降雨機率百分之八十，氣溫十六到二十度，月台上的人們並不互相交談，只是把玩操弄著手機，隨身聽，衣角的脫線。

月台邊上，紅色警示燈開始閃爍。工蟻站在候車線後頭，隧道風壓嗚咽，列車發出斷噓與尖叫，迎面奔進車站。車站上方是樹葉凋落的街景，有時目擊蟻群遺落在車廂裡那些雨傘，鑰匙，甚至錢包，終究沒人會去拾起它來看一看。

手腕的祕密

氣味。忘記哪兒讀過的文章了，說氣味直入腦髓，掌理情緒記憶的所在。是以氣味總就那麼恰如其分地提醒了記憶存在，一扇木門，一盞薰香。氣味又是會消散的，好像記憶越發模糊，但靠近些，再靠近些，肩頸之間即將消褪的香水。又搭上輛新車，新車味道卻總是相仿，皮件新鮮氣息，坐在那兒呼吸，想起的卻是個久遠久遠以前的情人。卻幸好城市裡頭氣味太多太雜，走過幾個街角，張牙舞爪望街底吐著氣的油煙管。百貨公司的芳香劑。老書店的老氣息。哪時候巷口桂花開，照例是要找不著那葉叢裡的花，卻遠遠知道。

多數時候氣味與自身有關。與記憶有關。

有時候，同自己全然無關的氣味，也讓人傷感。

上了捷運，從忠孝復興要往西門去。下班時間的忠孝復興，人從沒少過，車廂關門警示音嗶嗶嗶地響，還有人想上車。其實我已經擺在最靠門口的位置了，眼看西裝男人奔落電扶梯，想他該不會要上，噯，真搶在月台門車廂門都闔上前，硬這麼歪身擠過來。想往後退，卻又是個退無可退，背後整個兒的背包頂著，還縮了縮身，就怕自己手肘要摜到左右女人的胸前。噯。這車擠歸擠，起碼缺德事我是不幹的。總之，男人。

他肩膀高高寬寬恰就在我鼻翼。一股曖昧的味道揚起。我不能好好辨析，但明又是認得那味道的，卻不該是在這時候，不該在這裡。下班時間的東區，捷運上，不該是。人們晨間噴上的香水早要褪得淡了，遑論那各種品牌花草木樹的沐浴露與香精。奔走整天，汗水氣味是高中生，上班女子頭髮發著油，泥塵髒污，沾在每個人身上，走進車廂，走出車廂。警示音嗶嗶嗶，列車在隧道裡揚起迅捷的風，把一切都稀釋了。

那時男人接了通電話。他的右手舉起，我很快確認那股陌生又熟悉的味道，究竟何處而來。從他的手腕。他的肩膀。他的肌膚各處。是旅館的味道。廉價香皂的味道。那種，人們拆開包裝，洗過一次，頂多兩次就任其在洗臉台上軟爛掉的，香皂。六點半，男人身上有香皂的味道。他開口說話，我用極小極小的動作切掉了隨身聽的音源。他說，不，今天你先吃了吧。要回公司了，剛談完事。我這才又注意到，男人根本沒帶著公事包。身上有香皂味道的男人，說他剛談完事。

我胡亂猜測著自己目擊了什麼。

不知道，男人身上的氣味，或許洩漏了一個祕密。而其實我不能好好說出那一切。或許是情慾與命運，帶著我們前往不同的所在。台北車站很快到了，我的目的地在下一站。男人的腳步往車門口又移了移，但其實門口沒有空間了，他的移動不過更遠離我三五公分。

當我轉過頭去，男人很快離開了我的視線。但整個傍晚，那香皂的氣味，一直縈繞不去。

偶遇

我在捷運上遇見一個女子。大概二十七、八、九歲的年紀，並不年輕得可以稱為女孩，但若稱她女人，似乎又喊得老了。

面目姣好素淨，不能確切地說出她給我怎樣的感覺，有些熟悉，但又說不上來地帶點距離。她的平底鞋看起來就像是任何百貨公司一樓女鞋部門陳列的款式，褲裝裡的她，綁著公主頭的髮式。她一直抿著下唇。列車門打開的時候，便警醒地把身子往壓克力隔板上縮了縮。即使那裡已經沒有任何空隙。猜想她每次低下臉來都是盯著她的鞋。那是任何一雙，捷運輸送著的眾多鞋子其中之一。她低下臉，瀏海便稍稍地垂下。遮住她的妝。她的妝藏在淺金框眼鏡後頭，顯得有些疲憊。

其實她和所有下班的女子相仿，該暈開的眼線眼影都已暈開，她臉上沒有其他特別顏色。右手肘上掛著的提袋，是在饒河街、士林、通化街夜市可以買得到的款式。

裡面會有手機，小化妝包，錢包。錢包裡面該有張悠遊信用卡。她擁有那張卡片之後，就再也不必站到儲值機前面，再也不必忍受還在儲值便聽見列車已離站的嗶嗶嗶聲響。

她的手一直交叉在胸口。左手在上，偶爾換成右手在上。

雙手相疊的襯衫胸口，褶著一波紗縐。淺灰色底的襯衫，可能購自Wanko、Veeko、獨身貴族之類的品牌，隱隱透著薰紫的光澤。

提袋裡面定有支手機。但短短的旅程之中，她的手機並沒有響起。她穿著一雙看來和城市中其他女子相類的平底鞋，提著一只在城市四處都可以買得到的提袋。我猜想她的手機型號並非最新的款式，但也不會是續約兩年得到的免費手機。看來如此平凡的一個女子。然而她究竟和車廂內其他的女子有何不同……以至於，我被她深深吸引。

一個二十七、八、九歲的女子，在台北車站上車，往南乘。下了班要回家的人，顯累是非常正常的事情，但她眼神一直犀利明亮。車門開了，她便仔細審視那一雙又一雙走進車廂裡頭的鞋，車門關了，她又隨著擁擠的人群稍稍調整姿勢。她不踩到任何人，也不被任何人踩到。她的鞋維持著清潔，素淨。即使，那是一雙最普通不過的平底鞋。

我不禁想到，那些我所認得的女子。她們來自不同的家庭，但幾乎沒什麼例外地有了一些機會，在東京、香港、上海、北京之類的城市裡頭行走。

或者其中有一些，也去過了紐約、倫敦、巴黎或阿姆斯特丹。她們回到台北，難免會想台北真是小得不得了的一座城市，於是想離開了，卻又因為種種原因，在這城裡繼續著她們的人生，在銀行當個出納，在會計事務所，或是律師、醫師、教師。少數的她們終於還是離開了台北，離開了自己的情人。但多數有個交往三五年的男友，結婚了，或者即將結婚。她們會說，根在台北，離開，要往哪裡去？但未來幾年，或現在就是，她們是否在下了班的捷運上，想著這樣的日子就一輩子了嗎？

我所認得的女子，去過烏節路，表參道，第五大道。即使僅是在影集裡頭知曉那些街道路名，也會想著，要離開。卻因為種種原因留了下來。她們大學時代可能參加過社會運動，為一些電影流過眼淚。畢業之後不再想了，當時敏感、細膩、純淨的眼神卻留了下來，這使得她們在捷運上成為突兀的存在。她們生於台北長於台北，她們每天都看著台北在改變，卻彷彿不能融入這城市青春俗豔的空氣。她們知道台北不太改變的，於是便不再對這城市抒情。

她的手機不曾響起，也不像其他台北的女孩那樣，時時刻刻都在發著簡訊。在這嘈雜的城市裡，她知道安靜，是為了捕捉自己的聲音。

我在捷運上遇到一個女子。要一直到了我下車，才突然明白，她的安靜自持是如何讓我感到熟悉。她就像我的姊姊。就像不時出現在我生活當中，那些曾穿著綠衣黑裙的女子，一齊在這城裡消磨掉所有的青春，淡雅，與美麗。

讓紅綠燈領我走吧

用過晚餐後，想找間小咖啡館窩著，隨意看書發獃。想到自己好久沒離開城市南區，吃飯讀書寫字都在這裡，恰好是個晴朗夜晚，便驅車往城市東北一角去了。只是刻意放慢了速度，覺得風景大不相同，難得的這夜晚，便讓紅綠燈領我走吧。

紅燈即停，綠燈即彎，悠悠忽忽等過幾個紅燈是不順的，便到了民生東路。

在長庚後方的巷子裡頭泊了車，想自己已許久未曾當過走路的人。便走吧。要儘量往巷子裡頭去，雖則民生東路過了敦化從雙向八線縮成六線道，慢車道更窄，實際感覺起來像是四線道的規模，在台北氣派的東區邊上，卻因此讓車速行人都慢了下來，許是好的。算起來是四十年的老社區了，樟木並立，老榕鬚垂，號稱是井字形的道路規劃，但在公園路樹路彎裡還藏著更小的路徑。因此我應該離開民生東路，往社區環抱裡去。

民生東路上盡是那些連鎖飲料舖子，巷弄裡頭，一間間中小型的實業公司，可能還有個祕書會計伏案敲打。更小的巷子平和安詳，只怕——是太安詳了些。社區商圈自有其陰陽兩面，抬起頭來，四五層建築襯著背景是一襲半昧半明街燈，好比瑠公民生新邨，說是新，但哪個新人經過時光流變不老？也已十分古舊了。穿行過去，棕櫚科植物歪斜斜立著，叢簇著樓頂某戶飄下來的戲曲樂音，倘是在鬧市該不能聞得的聲量，在這兒聽得十分清楚，好像沒人抱怨。吟哦提唱，恍恍惚惚的街燈並不密集，卻有暗香隱沉，是七里香綠籬搖曳？或者正是盛夏，難道已經是桂花的季節？

我閉起眼睛想指認香氣的來由，但說不清。

那年，認識民生社區反倒是個意外。他開著白色豐田，我們晃悠晃悠在夏日陽炎下行車，東西南北還分不清楚要去哪兒，只知道他從東區往北開，彎進某條巷子唰地停了車他說，上樓拿個東西，等我。那高個子蹬出車子，我杵在助手座上看著他穿白色POLO衫的背影消失在某個樓梯間。太陽很大，他沒留著引擎冷氣，很快地，我開始流汗並在自己的汗水裡融化。

等我，他總這麼說。

這話像是我後來一切愛與哀愁的咒語，好比後來知道那是民生社區的某條巷弄，好比後來，我也將要滿了二十五歲。而二十五，是高個子當時的年紀。當他說「等我」，他知道我總有一天也會滿二十五歲嗎？而也是在這前夕時刻，我給紅綠燈領著，追上來了，可他又已經到了更遠的地方去。我側身看見民生社區的黯晚時節，茶館旁邊是川湘菜館毫不突兀，民宅改作的功夫茶館，充作包廂的黃燭燈光透過窗櫺給遞出來，竟有個女人獨坐，點妝。

難道，城市的時間在這裡都不管用了……

又再轉幾個彎，路過公園，公園。以及公園，榕木的隱香浮沉過去，卻換了調性。仔細分辨直覺是有自家烘焙豆子的咖啡店？藍白牌招一探，還真是。然而走路的人如今身在何處，門牌號碼竟已在民生東路五段。站在那咖啡店門口望了望，路走到這裡已差不多了，揀了個位置坐下，店家豢養那銀白色貓從休眠裡醒來，不知是看見果蠅飛蚊一類，便兀自在咖啡館空闊處如小老虎般玩起狩獵的遊戲。

讓捷運領我走吧

讓捷運領我走吧。

捷運棕線通車以來大小事不斷，每有友人遇巧了停駛困守車內情事，甚至徒步在那高架道路邊上，如履薄冰行軍陣伍般步回最近處的捷運站，便不免想問個惡謔的問題——上頭風景如何？

人們總是慣習平原盆地車水馬龍那一個個路口枯候時間，突然能夠在幾層樓高處緩步踱過忠孝仁愛信義和平，目得那即將在紅燈倒數至零時呼嘯奔騰車流，會是城裡怎樣光景。棕線通車伊始原名柵湖線，那戲仿諧音都已經改了名，我卻尚未乘往中山國中以北的站次，便感覺自己枉為台北我城居民，正好一日天氣晴好午后，便讓捷運領我走吧。

棕線原本蜿蜒城市南端，交織最密集是我政大那幾年。還稱木柵線是一路往南，馬特拉不拉火燒車都已恍然前世，從最繁華地段南京復興仁愛福華飯店窗景前經過，六張犁以南斜斜轉入人煙荒少地段，麟光山麓甚且偶有鬼火出沒。然後到萬芳木柵，已是山那邊，人的形影氣味都大不相同了。我不免想起騎乘機車的興隆路頭，那大剌剌的「奶罩」牌招，如今還在同一個位置，以它那彷若前現代而絕非精密電腦割字的態勢招徠顧客嗎？城市以南是記憶的場景，而城市以北，我彷彿還未曾真正認識。

但又好像不是那樣。記憶晦混不明。

列車出了中山國中站，加速駛過隔音牆又突然減速。減速。非常緩但左搖右曳通過民族路口的回頭彎，列車左方視野遂變得開闊。黃昏夕照之下的松山機場，幾架空中警察直升機在停機坪上安置，遠方是跑道，整列指示燈亮著，可能將有航空器張開擾流板然後優雅降落。底下是復興北路地下道入口，吞吐著南北來車與大直橋相接，一向是黃澄光亮的車頭燈，一向則煞車。煞車。列車沒入地底我知道大直橋在那兒始終如隻展翅的巨大鵬鳥飛跨基隆河上空。

地底啊，晃晃悠悠地底行車，隧道裡白色照明燈幽魅過去，探出頭來是摩天輪呵。向河取來新生地上蓋滿商場建物，酒店旅館，河岸第一排都說是豪宅——於是金碧光燦摩天輪上，除了河對岸那我城第一高樓外，是否仍看得到，河。車行，車停，然後時間過去，西湖港墘文德……

我明明認識足底的街景。

心頭一揪，我明明認識的。只是並非打這四五樓高冬季冷風中穿行而過。

那年那人，驅車自環東大道入內湖，捷運高架橋面都還未鋪成呢，只有水泥墩子光禿兀立在路心。車行的時候我轉頭看他側臉，眼尾有皺紋，鬢角髭鬚零星有些白的痕跡。車停他會伸過手來握住我的，言語斑斑他說，他指著尚未開放的站區左近一棟新落成建案他說，前陣子，在這兒投資置了產。我嗯哼不知所以，他掌心一縮，有道非常暖溫度傳過來他說，我想，你是否可以搬過來。

我閉上眼睛。又再睜開，慶幸那站已經過去。

他是否當真這麼說？如果當初我有不同的回答，我是說，如果……

後來，我總央著一同在咖啡館出沒的女孩，說我送妳回內湖吧。從南區的咖啡館到內湖，好像很遠，但建國轉民權，待轉進瑞光路，也就到了。民權大橋上我總揮霍速度超過一百公里時速，復又在獵獵風聲裡回頭，告訴她所有我非法眷戀的細節，好比他訂有婚約的那名女子，好比我們似乎永遠不可能養活在室內的，那些自建國花市購回的盆栽，好比我如何一個人在他住居之處醒來，看見桌案上安放的鑰匙與字條，念及無望未來於是不可遏抑地在晨浴中哭泣……

後來我自己騎車回內湖，把那串鑰匙投入他信箱。

棕線繼續往東，內湖大湖東湖，水面在城市肚腹上開出幾個洞，沒有雲這日，但有風的天氣水面粼粼好像劃開了天空。捷運列車繼續晃盪轉折往南去，再次跨越基隆河不覺已是南港，漸無繁華氣息的地方，停站開門的氣溫也就更低些。一條刻意走遠的路，要把我帶到什麼地方去，又感覺接續下來當真是陌生街景了。若我騎車，是向陽路接南湖大橋，內湖。繞一圈成功康寧。捷運路線走到這裡也是繞成個環，環抱山水市集的手勢很深。很深。

後來，後來，我和女孩在樓底抽完最後一根菸，住居木柵那人撥來電話，我說一會兒回去了，跨上機車自北往南趕赴另一場盛宴。那時候還沒想到，捷運文湖線，有一日竟會把迢迢的木柵內湖串起。

在南港展覽館站，夕陽正從冷澈天空沉入地平線，我眼底有些乾涸，戴了整日的隱形眼鏡，恐怕已令雙眼浮出血絲斑痕。我乘上了對向列車，回頭，晴爽的天空中沒有一片雲，金星在冰藍天際熠熠如鑽石。

列車又即將回入內湖城區我閉上眼睛。知道那年，即使二十一歲少年回答了不同的答案，但再怎麼伸出手去，也沒辦法抓住那遙遠的星辰。

淡水線上落日

車過民權西路站後逐漸爬升……冒出地面時，已歇業的兒童樂園從列車右側陣列著經過，車廂行進恍惚之間，以為旋轉木馬還在跑著，知道是城市的北段了。剎那間，一列電聯車從反方向轟然而過。是久居盆地的少年眷戀著平原的開闊嗎？或者是，如河川眷戀海洋，我偶爾自己坐捷運去淡水看海。

一開始養成去淡水的習慣，恐怕只是為了附庸風雅，也或許為的是夕陽，後來卻變成某種逃開的藉口。在男孩路念高中那時候並肩蹺課那人，時常嚷呼著說跑遠一點吧！往淡水的路程不算短，但兩個人分一對耳機，相互靠著時間很快就過了。軌道順流而下，越過基隆河，磺溪，繞著大彎弧從平原開口穿出去，關渡，竹圍，紅樹林……當我們到達堤岸，熙熙攘攘來往的小船彷彿不知鄉岸何方，要飄泊到哪裡去？船開向河中央，夕陽映出的金波爛漫讓人睜不開眼，那時天真地以為小船要開出河口去了，光是那樣，還不夠。也許再向東吧？到世界的盡頭。

曾經也想過會一直這樣下去，但人生在世就是一切的事與願違，畢業後我們如同其他少年消逝的熱烈青春一樣急速冷卻，雖然進了同一所大學卻生活始終兜不在一起，常在電話網路上說要不同去看電影？月月年年過去終於沒有成行。於是我習練的情緒，從眷戀而緬懷而告別，也習練打從城市南方的山坳出發，恍恍迢迢自己去淡水。

很久以後，我才願意承認自己只是賴著不走，遲疑不想長大，對自己變著拙劣的戲法，欺瞞自己戴上耳機讓時間過去，而一轉身穿卡其色制服的他還會在旁邊，笑著說第八節數學課別上了，我們溜遠一點吧。要去哪呢？

一轉身，他竟真的出現在旁邊。

他說，嗨。顯然他早就發現我空空地站在那裡，更顯然他也對這樣意外的相逢感到措手不及。他肯定考慮了很久當我發現他的時候他該說些什麼，最後還是只說了一個字。那聲招呼是這麼地短，卻又彷彿說盡了所有的事情。我短暫地深呼吸很快答他，好久不見，並看見他掌心牽著一個女孩。

你怎麼會出現在這裡？

我不太記得是他先問了這個問題，或者是我先問了他。去淡水。一個人？嗯。女朋友？嗯。轉過臉去說，高中同學，以前時常一起去淡水。女孩微笑點了點頭，我不知道他是誠懇地想要說明什麼，或者意圖用過度的誠實掩蓋那彷彿曾有過什麼，但事實上什麼也沒有的一趟趟旅程。

杵在他們兩人中間，我意識到自己才是意外的闖入者，明明只剩下幾站的距離就到淡水了，卻漫長地彷彿列車從未停下來。嗯嗯啊啊毫無重點的話題很快就乾了，無從準備的笑容也僵了，我很想乾脆撒個明顯的謊說嘿我是騙你的我沒有要去淡水。這話一半是真的，一半是假的。真的是這幾年我已許久不曾坐在淡水河畔看船開往八里的彼岸，假的是，如果我在其他地方能再次與他相遇，我又為什麼要一次次來到淡水，俯身撿拾渡船頭的落日風景呢？

列車停靠在淡水之後我很快編了個藉口同他再次告別。夕陽水燈是這巨河的鱗，拍散細瑣的浪聲，一波又一波蒸散在空中，有點鹹，有點冷。水鳥在沙洲覓食，渡船嗚咽著打遠方過去，回望城市那遠方是關渡大橋吧，跨坐兩端定定的，無憂無懼。深冬不寒，仲夏不汗，人車喧嘩我買盒鹽酥菇獨自食畢，踟躕岸邊，這一切都暗了。

那天我原本只是要去看海而已。

拆除後重建

他們說，都市需要更新。要將那些參差的抹去，建立新的準衡與典範。曾以為城市裡最堅固的東西並不會消失，只是苔蘚幼榕在舊牆底不知節制地蔓生，終於某天圍籬漸次搭築，牆綿延著牆綿延著牆，在那後頭迴盪著敲打的聲響，一切堅固的東西仍然煙消雲散了。

他們說，會有些新的取代舊的。

如果建築是唯一可以完整體現人類文明的愛、恨、憂愁與渴望的物質形式，那麼當這些堅固的東西煙消雲散，是否是否，我們將從此無所憑依？

街道上廣告看板四處站起，甚至高過了樓房的眉眼。

原先住居在老房子的人們，後來都到哪裡去了？少年時代，在眷村裡蹦跳著過去的巷弄鄰接著巷弄鄰接著巷弄，巷底是泵浦清泉，課後便嗆呼著前往那聚落裡唯一的麵店要碗醡醬麵吃。曾想十年是夠短了的段落，好像換過幾套制服也就過完，但也夠長了，回到成長的都市邊緣去，整片眷村已消失得什麼都沒留下來，麵食蒸騰的場景當然更一丁點兒也沒有賸下。他們說，感謝各界支持某建案完美熱銷。只是，除了報章上的人名，從不曾聽說有誰，真正搬進那凌駕城市天際線的豪宅垛著豪宅垛著豪宅。

城市四處蓋起參差的建築，打一開始，可能只是為了遮風蔽雨那樣簡單的理由。開闢街道，架設牌招，栽植綠樹花木。室內挑燈讀書，也不忘在晴爽天空下奔走。若是滂沱氣候，急急尋覓樓房遮蔭的處所，窗外有清勁的風，便拉開窗戶迎來更多的神明。

即使更高、更大、更魁偉，既不曾為人所碰觸，又怎麼能有溫度？並無人聲出沒的建築橫徵暴斂，住宅與樓房形成了城市，屋脊形成天空，晨曦夕陽成為背景。平底起高樓，遮住風遮住雲，老房子平緩的形勢擋不住城市往更高更遠處飈升的夢。

夢底，少年感覺自己甚至失去了黃昏。

新聞現場是紊亂哭鬧上吊的喧聲，商業區開鑿了公園如我城的天井，所有故事傾斜位移，城市換上張新的臉，脫去皺紋痣斑，弭平了街角的老公寓，淨空位在公園預定地的違章屋舍，更多過往的情節遭到驅逐，將人們曾生存於此的細節碾壓為碎末……

圍籬那頭，器械不分日夜運作的巨大聲響，怪手吊掛著電磁鐵，從拆解成片瓦碎磚的廢墟裡撈出仍堪回收使用的金屬材料。啊，當它們被投入熔爐再次塑造成新的建築素材，歡快歌頌城市新成員的掌聲與綵帶，又是怎樣決絕地在新與舊，記憶與革新，傾覆與堆疊之間，畫出一條線……在已崩解的建築物殘骸當中，能否讀出任何關於舊事的線索？

十年前的事情現在都已想不太起來。是少年終究長大了，或短短十年，竟會讓人變得健忘？有許多機會，少年聽聞城市何處又推出了新的建案，規劃了新的植栽綠地，捷運條條開通，魁偉的水泥橋墩植在路中央，啊少年一次次從三層樓高度通過，感覺自己正航向美好的彼方。然而，這一生又有幾多個十年，能回到原本熟悉卻漸淡忘的街角，看屋宇樓房，看當年兩人相遇的屋簷底下，新的樓廈又怎會是同樣的地方。

聽說中學時代教室所在的樓房要重建了，少年便回到男孩路的高中。拆除現場怪手卡車都已就位，零落著先遣工程的佈局。時值男孩們的假期，長廊那頭還傳來籃球拍打的聲響，圍籬兀立著的高度，剛好遮住一層樓高的視線。少年分辨著那間間人事都已撤除的分隔，數算教室的編碼，這兒是健康中心吧，再過去是校刊社，再過去，那是什麼社團？有些想不太起來。斜走向上的階梯，光敞空闊老建築裡，曾有少年們在課堂間拾級而上的身影。

整個場景突然動搖，原先棲息的工程機具結束午間的休眠，張開齒牙，片片吋吋啃落磚瓦窗格。

少年心頭一揪，片刻感覺軟弱。人們總熱切地參與建築之生，卻不曾以同樣的溫度，揮別建築之死。時間過去，這肌理新陳代謝汰舊換新，從不曾停下它更迭的速率。是沒想過真能改變什麼，少年只是站著在那兒看了一會兒，只是想看一會兒吧，如是確知自己原先想要緬懷的什麼，其實已不存在了。

二十一世紀少年

一起把屬於我們的標誌搶回來吧！

頭上立馬挨一記老大爆栗。幾歲了，還看漫畫？

世紀初。百廢待舉，百業待興，這城平地青雲高樓起，地球另一邊，飛機歪歪斜斜飛進兩座樓塌了。不再說世紀末的人們，好像想不出新把戲稱呼這十年。後現代，疲軟軟的語氣，少年學習一種說話方式，伸出手來推眼鏡，一字一句。您能告訴我，什麼是後現代嗎？

低迷士氣，吹復古的風。美國英雄從沉睡裡甦醒，內褲外穿的是誰？把內褲套在頭上的又是誰？內衣外穿那女人歷久彌新，變成少年心目中的女神，唱片發完，再是全球巡迴，就是不來這島國。算了吧，小島大城裡最風光演唱會場地，從城區移到了城郊，一問捷運有沒有到？沒有。上網訂**DVD**，爍迷迷過乾癮。號稱巨蛋其實是小鳥蛋，往火鍋裡扔，還是不知道那究竟是鵪鶉蛋還是再製雞蛋。噯，什麼都越來越假，女神照片裡，臉皮繃得老緊。

肉毒女，肉毒男。名裡有個毒字，還是趨之若鶩。唉呀都行的嘛，演藝圈哪個人乾淨？唱我會永遠愛你那黑女人，嗑爆了，全身上下就一雙翻白眼睛，特雪亮。瑪姬張也在電影裡演，髒手髒腳往臂彎裡打針，電影情節最後母愛樂勝，回歸清潔人生，阿彌陀佛，善哉善哉。麵店裡電視哇啦啦，某女藝人疑似嗑藥又被抓，一桌圍著兩三個短髮抓得刺扎扎，白衫黑褲，粗框眼鏡，一看知道保險業務頭也不抬說，幹怎麼又是她，毒后。

過一陣子，說驗出來古柯鹼。

這回眾人頭抬起來了，幹，她哪裡弄來的？

煞死的初夏，口罩底下看不出誰哭誰笑，疫病時代好簡單可以變成數字。八十三人死亡，共造成約十八億美元損失，變成數字，螢幕上的報表上的，搞得島國哀哭，悲憤，哭完又笑，吃到飽越開越多，好像總吃不飽，還是復古追溯上個世紀四〇五〇六〇，經濟起飛前？拜託。華航嘛，飛機又不知道摔掉幾架。這裡那裡，街頭巷尾哪戶走了人，一排藏青色阿婆神出鬼沒從哪裡冒出來，列隊進去，誦經整晚，善哉善哉。

把屬於我們的標誌搶回來吧，善哉善哉。

驚嘆號用得越少，說話的人都承認自己已經好老，或至少不再年輕。揪著網路打連線遊戲，朋友？誰是你的朋友？跟網友見面，跟網友看電影，在網路上買東西。滿二十歲，可以刷卡了。繼續吃飯，喝酒，去迪斯可聽乒乒乓乓音樂，有點無聊並想睡覺。

醒來。舞池人早走光。

二十一世紀，電視新聞越來越像電影。沉船，摔飛機，大爆炸。麥克貝大概自嘆弗如，跑去拍會站起來的機器人，嘎啦嘎啦。有次少年揪了青春期的玩伴，約吃飯，對方開來一輛改到差不多可以變形的車，iPod插上去，唱歌。唱歌。還是那些青春期的歌，躁躁的，每到夏天我要去海邊。夏天到了衝浪。喳呼整群人爬在衝浪板上，漂啊漂，曬得越來越黑，烏亮亮的，發著一個集體的夢。夢啊，就是不問會不會醒。

當年毒后在MV裡說，我還是處女哦。少年和另一個少年，喝到各自的第四第五第六瓶酒，也不用酒杯，瓶子碰了說，幹，搞不懂男生為何有處女情結？當教練教出來的學生，跑了，去跟別人打play。有些事情少年彷彿懂了，又似懂非懂。不再像青春期的夏天，硬著，伸出手去互尻。

互尻？口交都只算半套。醒醒吧。幾歲了，還裝清純？

真的是不懂。圍著爐子點燒烤，灌了啤酒，耳語傳著之前誰誰誰去夾了娃娃。真的假的。肉上得太快，等到要烤，冷凍肉片融得差不多，變成血淋淋片塊。往爐子上一丟，說夾出來差不多就是這樣，你知道嗎？

幹，我怎麼可能知道。幹。

百無禁忌。啊說不定這就是後現代。

少年家裡的狗，走了。騎機車載著狗兒過幾條街，到獸醫院去注射。好瘦一雙前腳，扎針，都懷疑醫學不是日新月異，獸醫學有嗎？後來某狗食品大廠爆出黃麴毒素疑雲，一度也想拉開布條衝過去說還我狗來，但終究沒有，想起那天越來越冰冷的狗兒身子，少年側側頭，口唇微動想說些什麼，還是轉身進去了。

輯三

展演資訊

所有的先進科技都是為了確保您
由衷地感到快樂
當自由落體墜落，您可以舉起雙手
或看少女們露出平庸的乳暈
所有尖叫也都是真的
我們提供高解析攝影供您選購
若您看見雕像突然流下眼淚……

租賃街

靠近窗台邊的咖啡杯
七點半飄來的一支菸香味
慢慢浮在眼前沈澱在我眉間
美麗的畫面擱淺在昨天

——涼煙樂團，〈朱利安諾〉

我總是會想要回去。回去租賃街上，那些享樂憂鬱的咖啡店與小酒館。

想要回去那街景裡邊溫溫藏藏是我大學時代，矮牆上有九重葛，而往高處去的爬牆虎如火如荼綠著。說是街，恐怕還把它喊得大了，其實只不過大一號巷子那樣的規格，單行道的態勢，走過去瞄得那位不時縮身在轉角守株等待逆向機車騎士的警察，心中總會忍不住竊笑。多麼嚴肅認真的樣子，又是多麼百無聊賴的樣子，像極了這街，自有一種閒緩的神氣。三兩散佈這樣那樣的咖啡店，隨意走進去，浪費一個午后或者向晚時分，沒有誰真被取締。

好像人們總是會懷念逝去的年代，在九〇懷念八〇，在新世紀回望世紀末最後十年。

然後十年過去，曾被埋怨那世紀初的一切，突又讓人喟嘆惋惜。想起來，後青春期的場景與一條街發生如此親密關係，點杯咖啡，當作是在城裡租下某幾個小時匿身的角落了，還沒看的書放在右手邊，把看完的移到左手邊，然後時間過去。

租賃街上，一切都有著保存期限。

※

那棵加羅林魚木正放肆地開花，從低矮日式平房的圍牆滿溢出來，花開之勢如滂沱慷慨的春雨。可能李渝寫就家族流離身世，街頭巷尾，溫州辛亥路口瑠公圳潛流唯一的遺址暗示著，日治時代至今那些教授墨客騷人賃居之處，或許隱隱然響著電視話語嘰喳，卻不論人煙有無。猶是幾年前，文化創意單位沸沸揚揚，意圖重振溫州街町風華的溫羅汀復興活動串連，後來發生了什麼事？都好。

租賃街上，青年學生來去，說這街區大概是台北市咖啡館密度最高一段次，文藝青年，文藝中年，甚至文藝老年罷，在那間間享樂而憂鬱的咖啡館，落地窗內掛有切・格瓦拉，羅蘭・巴特，與寇特・柯本的巨幅海報，巧妙定義了咖啡館主人的品味與追求。冰櫃裡，來自比利時或者德國的啤酒招啊招，拉開櫃門便積聚了一層薄嫩的水滴，沿瓶身滑下。那位童山濯濯文學院教授課後來到一概喝的，就是要海尼根。都好。

新生南路八十六巷和溫州街交界，環顧四周，彼時尚有TU，杜鵑，Lane86，而今安在哉？Café Odeon和現在差異不太大，雪可屋咖啡茶館還照樣是幾盞昏味燈檯，店主人鎮守吧檯謠傳他脾性不甚好，點單最棒飲料品項是珍珠奶茶，當是不愧它茶館之名吧。只是TU杜鵑店面皆已易主，反而屹立不搖是三個配菜幾十元的焢肉便當店，當然悄悄漲價幾次了。都好。

你知道嗎，上次某報某版某新聞，抄的是前日吧檯上交換的消息……

今天晚上有沒有空，多一張某搖滾酒吧的票……

午夜前後，咖啡館紛紛拉下鐵門，煙霧氣味隨著燈光滅去而遁隱。溫州街的宅第成為一座座孤島，懵然有電視的聲光作響，但不能辨悉它來自哪個方向。接手的是小酒館，街還沒睡，那裡會有神婆操塔羅撲克，或某人星盤言之鑿鑿，說起二〇〇六年運勢有吉有凶。準嗎？都好。換酒一杯，再喝。

咖啡機蒸氣噴頭嘶嘶作響，又問喝什麼？回說都好。

圍坐人們輪番抽著菸，並飲著輪番的咖啡。讀書人抱滿懷書，下午在這間店的窗口，晚上街燈亮起，又看見同批人馬坐在另一間咖啡店角落，繼續在書頁這裡那裡畫上底線。那人在寫劇本，菸灰缸很快塞滿，另一人GRE單字背到某段落，抬起頭來罵幹，好煩，寫飲食文學的散文家操外省口音說今天早上去了康樂意。那時從編輯室出來的詩人，才正加入說話的隊伍。

後來，我坐在那窗前時間越長，菸抽更兇。出門前同家人講，去咖啡館，老媽臉在報紙裡悶哼說，去抽菸吧？

※

是賴在青春期尾巴不肯離開，或者其實已離開了，卻總是會想要回去。人們心目中都有一條理想的街景，好比傳說法國文化盛世，是巴黎文人在花神咖啡館邊抽雪茄邊互噴口水，那些渣漬暈染，會否台北溫州租賃街差可比擬？

咖啡店主人談起某篇網路文章，大意是說租賃街上咖啡店掛滿左派學者，搖滾巨星，叛逆青春，噢當然還有切・格瓦拉海報，不知浪費多少純潔青年的青春時光，說是，現在再不相信這些了。於是我便想起自己蹺了課，或漫步或騎車回到租賃街的午后，煩惱該去哪間店窩著，在推開店門口的瞬間，甚至選擇座位的瞬間，我們必然都是相信著自個兒正做著那些事。相信也好，不相信也好，直到現在想起羅蘭・巴特點菸的畫面，切・格瓦拉叼著菸斗的畫面，我還是相信，他們是那樣地好看。

身邊會坐下可能一個人，響起幾句話，然後時間過去。陌生人望吧檯裡面說話，有種表情，爭論或贊同，或沉默吐盡煙霧。然後時間過去。啤酒與書，工讀生患結膜炎那天，吧檯座椅可能已經認得我的溫度。然後時間過去。

那是最好的時代，也是最壞的時代。應當在中午營業的咖啡館，十二時十分還未拉起鐵門，熟得門路的人客撥通電話，就能喚醒住在樓上的店主人，探出頭來按了遙控器，隨即先進了店去覓得老位置坐著，撿了早晨送達的報刊隨意翻閱，順便代向門外探頭探腦陌生客人說，噯不好意思，店內還未灑掃整理妥當。後來筆記型電腦侵佔了咖啡館內的風景，書架上那一落落米蘭・昆德拉、村上春樹，甚至連九把刀都不再有人翻閱了，店主人在吧檯後面眉頭微皺，講起來有些氣悶，怎麼有人問為何不訂蘋果日報？又說，路人走進來第一句話問，你們有提供無線網路嗎？店主人搖搖頭說，沒，沒有。路人遂說，噢，這樣。轉頭出去了。

說，噯這些現代人。說不喜歡不要來，但消費者永遠是對的。那請你離開。

喜歡甜的日子在濃縮咖啡裡加兩匙二號砂糖。翻譯機喀噠喀噠地敲。然後時間過去。傍晚六點自己晚餐，吃完了我會想要回去。

落地窗前已是表演的整體。咖啡館一個多月前重新粉刷的天花板，上頭沾黏一些細縷的塵。桌燈從電腦螢幕背後照過來，有一點過亮了。剛才押按的菸蒂還沒死透，竟又灼著菸灰缸底的其他紙芯，燒得很臭。度過老調而溫柔的九〇年代，二十一世紀首個十年快要過完，租賃街便收回它的版圖，重新布局。民歌手與詩人的衣櫃不斷改寫，翻開小說，卻恍然已經不再是自己熟悉的位置。不提供無線網路的咖啡店，小酒館，店主人會說這種地方就是要給人談天說地，有了網路還得了。大家都把臉埋進電腦裡去，真要那樣為什麼不快點回家？

二十一世紀了，網路時代嘛！有天走向租賃街路上，聽路人女孩說起沒有網路的咖啡店，怎麼算是咖啡店？如是來人越來越少，租賃街上TU杜鵑易主，街底年輕人新開一間店，木工裝潢皆手工打造，老派時光過去，算是觀望對照。風向改變，咖啡館裡一個陌生的女孩拿出火柴點起菸，嘶的一下，火藥味滿滿室內。整個兒的商圈街景變得繁榮，租賃街地價越高，十多年來望窗外熟悉的景色卻彷彿不再了，租約，是要續不續？

落地窗對面那家咖啡店，整個下午坐著看也沒幾個人進去。看板換了幾種午茶套式，那店的員工，其中一個也是這店的員工，一天我問飲料行不行？霎霎眼睛，當作是回答了。後來大興土木，吊車在我面前跋扈地換上紅色牌招，開起韓國料理店。那陣子城市裡突然流行韓國菜，或許現在還是，好像租賃街整區裡就開了三四家，毫無例外都是那紅的豔人色澤，如果雨天，從咖啡館窗前望出去，整街地面淋漓，都赤辣辣紅著。

我會想要回去，怕是雪可屋那長年給煙霧蒸燻的黃燈一盞盞，也好。

租賃街上菸酒燃盡，咖啡店主人不再擔心店租來襲。

※

小酒館在隆冬之夜任憑來客喝乾了最後一滴酒，拉下門了。然後夏天的咖啡店，店主人宣布畢業，不玩了！長期在咖啡店打工那些音樂青年，文學青年，電影青年，美術青年們嘩啦啦輪著在吧檯裡唱歌，原本坐在角落那人突然來聊天，這時才終於知道他的名字，原來我每次讀的熱血沸騰雜誌上，好些文章就出自他的手筆。打開冰箱，喝乾最後一罐海尼根，文學院教授有來嗎？沒注意到。但平時來來去去的人們突然都出現在這最後一首歌裡頭，唱啊唱，唱啊唱。

此夜鼓譟的租賃街，一個充滿回憶的夏日時光即將結束，而幸福的咖啡館時光，是將沉入過去或者前進未來？人們牽起手來，任憑啤酒泡沫灑了滿地，敬青春期，後青春期，禿頭的中年時光，敬一片民謠CD或曾談論過的老電影，敬我們曾相信的一切。咖啡店的一切，敬我們即將相信的一切。

或者，即使不相信，還是會到來的那一切。

某天我從研究室離開，習慣性轉進溫州街，熟悉地址是深鎖的門。感覺心裡有扇門冰冷地閉闔著，沒再打開。感覺那夜，店主人唱完歌，而我不等眾人鼓掌完，便在心裡拉下了租賃街上那一扇扇的門。後來，每當我出發尋找另一間咖啡館，總想，該如何尋找一條街，與它先於我所經歷的那些時間？

再怎麼不願接受，青春期畢竟已確實地過完。咖啡館原址開了賣海灘拖鞋小店，原先小酒館處，我喜歡對陌生路人可能稍嫌灰暗的街角，則已大張旗鼓，染起日韓衣飾那鋪張明亮的色彩。

後來的夏天，在芝加哥一間咖啡店，遇見當時老坐在我右邊位置的大女生，她左瞧又瞧，終於認出我來便歡快以中文呼喊。說起異國住處左近還有幾家咖啡店好去，說起租賃街上那些時光，兩個人對視沉默不再說話，便走進芝加哥明朗的陽光與風裡，並肩點起菸，慢慢吸著。

南陽街事

人們可能依照開設的多數物業稱這兒為補習街，或以稍大幅員的地理範圍，稱之為站前。新光大樓二百四十四公尺，一度引領城市鳥瞰風騷，大亞百貨穩居台北地王寶座，NuSkin直銷小蜜蜂手執壓克力書寫板同路人攀談，填個問卷好嗎？少年少女那時還穿著校服，印有某某高中字樣書包，還可能另背個JanSport或者Outdoor後背包。人們從希爾頓前方走過，從壽德大樓前方走過，從公保大樓前方走過。新光大樓皇冠般的橙色燈景亮了，可沒人抬起頭來，認真看一看它。

繁忙的城中之城啊。少年背包裡一本本，赫哲數學劉毅英文林清華物理陳建宏化學這些那些補習班講義，正課第八節臨下課前方謄抄了些習題解答，更多留著空白。電梯門開，一個個年紀二十出頭歲男女，胸前掛著導師名牌喊，同學上課證刷卡噢。櫃檯再過去，可能是眼鏡男女翻檢上週作業習題進度，蓋章簽字認證。嗯，這幾頁怎麼沒寫？上、上禮拜、社團有點忙。

比如說週日社團活動，該是放假的時間仍回到城中之城。身穿義工背心，少年少女的配對抱著一只印有某某基金會救救三種人的透明壓克力箱，發票勸募。換得公共服務義務勞動時數。或小大人似的，辦起康輔活動專給國中生參加，雖然地點可能在台大政大師大分部，總要有人大冒險，爬上新光大樓前的石獅頭頂，喊某某活動集合囉——

噯究竟是在忙什麼呢。

最忙碌可能是補習街後巷，那一陣列的食肆，鎮日冒著膩白油煙水氣，雞排加炒飯四十五元，三樣配菜一樣肉五十元，榨菜肉絲麵四十五元，餛飩麵五十元。大四方蛋餅。上海生煎包。麵線羹。噢少年永遠記得某次那個假想敵男校的白目，他帶了什麼去赫哲你知道嗎？臭豆腐，拜託那是可以拿進冷氣循環中央空調密閉室內的東西嗎？哇靠！傳奇茶坊。冰冰蒟蒻。歇腳亭。邱媽媽。亞蘭德倫。關東煮。加熱滷味。館前路麥當勞，無視整排整列等待點餐人群走到櫃檯前咧嘴一笑，亮出一雙手心虛垂，說嗨，我想要點一、串、香、蕉。

無賴！

真正是百無聊賴呵。

台上講課那人，彷彿設定好程式了似的，每演算講解二十五分鐘，就必然會從某道應用題的謎面引申出一個笑話，試圖喚醒台下昏昏欲睡眾生相，或者，將少年們自注視前排某女校學生汗溼透顯內衣的綺想裡頭，魂兮歸來嘿。欸你們為什麼永遠不坐在自己的位置？蠢啊你，這叫做補位，補位你懂不懂？那兩個缺席座位，前幾禮拜少年之一鼓足勇氣傳了紙條過去，這禮拜兩人連袂地來，刷過了卡又一齊偷偷摸摸從安全門，溜了。

但能去哪，城中之城那麼丁點腹地，唱片行還興盛，補習街周邊就三五家。玫瑰大眾佳佳光南，挑的倒都是差不多流行的品味。青春期的歌唱就唱了彈就彈了，每到夏天我要去海邊脫下長日的假面奔向夢幻的疆界……等待我無時無刻在等待哪一個人愛我將我的手緊握……我到了這個時候還是一樣夜裡的寂寞容易叫人悲傷……

後來，乖乖留在課堂那少年，手機在抽屜傳來規律振動。那頭語氣哭喪說幹，分手了啦。少年問了你在哪裡？便也從安全梯悄悄遁逃而去。又更後來，少年為了國考為了GRE再次回到補習街，這才知道易主的大亞百貨賣起最新潮的手機筆電，抬頭，總感覺新光大樓似乎沒那麼高了。

補習完更晚的時辰，食肆都已歇息，街道溝邊一隻隻肥碩大鼠蟑螂穿行，此時此刻此在，真正已是城市的夜。

男孩路56號

關於男孩路的故事，是怎麼也說不完的。

剛換上卡其色制服的男孩們，從城市四面八方來。十六歲的年紀，也是什麼都還不知道的年紀，只知道出校門右面直走是捷運站，再過去是中正廟，左面是國語實小，倘再過去呢？不知道。捷運又沒有到！甚至不知道男孩路底，南機場臨溪一段是青年公園國興國宅，典型老台北的景色，違建鐵梯，城市盲腸般的況味，靜靜的。

但十六歲，男孩們不知道的事情等於不重要，第一本校刊拿到手，看學長們豪氣干雲稱自己是台灣一中，讀得醺醺然，以為男孩路好像全世界了。

潑猴般的男孩們不只七十二變，社團博覽會各顯神通，這廂是電吉他速彈狂飆那廂生物研究社搬出爬蟲類恐怖箱，還有劍道少年全副武裝在操場邊練將起來。另一夥攤頭什麼擺設也無，倒找來幾個女校制服短裙助拳，說是康輔慈幼活動多，和女孩兒合作接觸也多。想脫離光棍生活嗎？正是對了體內大革命荷爾蒙失調男孩的頻率。回到班上聽說旁邊那幾人加入熱舞社，攝影社，學提琴多年的人順理成章到管弦樂社，後頭那人訥訥不言語，追問之下才慢條斯理說，詩社。

啊？詩社？

確實感覺世界大了許多，以往好容易在國中校內討個前三，這時沒留神，班上能不能有前三十都不知道。久了，漸漸感覺爭那幾分幾個排名沒啥意思，男孩一中嘛！就是一流學生二流設備三流師資，地理課像教室裡放了台背誦課文的錄音機，底下各自打盹抄作業吃乾麵唏哩呼嚕。歷史老師天外飛來怒吼，上課睡覺的不要趴下去！主任巡堂不好看！第八節數學課，講完幾個三角函數公式，便喳呼說要打籃球的跟過來，其他人自己寫習題。毛毛躁躁男孩的隊伍，當然是抓了籃球拚他個三百回合臭汗淋漓，再順勢爬出圍牆，後門榕樹下吃黑糖刨冰加粉粿米苔目去也。

請各位同學不要爬牆，教官室將加強後門與側門的巡邏……

聽說啊，高二有人爬牆勾到鞋帶，跌斷了門牙……

請各位同學外出時注意安全，服儀整潔，穿著制服時在公車上記得讓座……

十六歲的男孩們，好像穿上制服便穿上了全世界。偏又不時聽高二高三的在感嘆，男孩一中正在沒落。老氣橫秋的那語氣，什麼嘛！在校刊社辦翻遍文物，確知抱怨學弟不如自己竟是這所中學的傳統，方才嚥下這口鳥氣。很快地男孩十七歲，十八歲，班上同學拿了個奧林匹亞金牌回來，進詩社那人同時掄了文學獎新詩小說的金榜，是這青春各自精進，日漸加速流轉的男孩路時光，誰能懶洋洋呆坐原地而不奮力奔跑？

幾年後一個早晨，當時的男孩在中學側門的麵店坐下，邊撈食豬油拌麵，邊就看到幾個卡其色制服男孩，鬼鬼祟祟下水餃似的從圍牆頭一躍而下。男孩路的故事怎麼也說不完，但關於青春，可能三五十年，也都是差不多的模樣。

重慶南森林

搬上台北後，在陌生城市裡遇見的第一個熟識場景，是重慶南路。爸說，台北的書店街，懵懵懂懂聽。那時只知道台北城市四處是陌生地名轉作的街道，一家人賃居住處是承德，學校在太原平陽，阿姨住在金門汀州交界，還不知道何處是重慶，當然也不會知道王家衛電影裡拍的《重慶森林》不是重慶，是香港。

倒是重慶南整條直排成列的群書博覽，瀰天陣勢的書店書局出版社牌招，看在國小六年級少年眼中，真正是森林了。

那是高雄也有的光統書局，在文學科普圖書書區前蹲坐，好像回到島嶼南方。原本執拗地不願搬家不想離開，說是朋友同學都好多年的怎麼捨得，更熟悉是工業港城的寬闊路幅乾燥陽光，可來到重慶南，噯怎麼只是個四線道兩旁十來層高樓壓得人不適應。進了書店倒安靜了下來，光潔的書架羅列著各種系列各種人名，室內彷彿都是相類的天氣，久了，便成為舉家遷徙經緯移轉間，令人安心的處所。

這麼在台北待了下來。

住所離重慶南不太遠，也沒很近，一班公車十來分鐘，彼時正值台北交通黑暗期行將結束，坐公車像爬格子，慢得，有時便就走過去吧。找教科參考書便上建弘書局，那時胡亂啃了些《咆哮山莊》、《約翰・克利斯朵夫》、《簡愛》之類小說讀本，也還不辨版本翻譯之差，埋首在正中書局三民書店冊疊之間穿梭，偶爾上商務印書館去找些文史專門用書，也或者誤入天龍圖書發現賣的盡是少年還用不上的電腦工具書，趕緊退了出來。那樣緩靜的時刻，少年時代還不感覺小說散文裡邊，名家作者形容的城市，可有那麼急迫匆忙？台北住一陣子了，陌生的街道逐漸熟悉，移動方式和車流速度也慢慢習慣，好了，重慶南是別類分門的書之雨林，或是尋寶，或為考試焦頭爛額的人們，籠罩周身都是沉落靜定空氣。

又在街底發現小時候收集未全的亞森羅蘋系列，赫然便在東方出版社架上，黃豔豔的書背特別明顯。清點了號數，歡天喜地搬回家去。

買書，慢慢像是考察博物學的系譜，自家的書架則是永遠少那麼一兩塊的拼圖，世界文學舊書，志文版的，這時看見出版社新印行的譯本，開始會比較了，其實也不一定是真的讀過了很多書，只是知道很多的書名。換上了卡其色中學制服，漫步通過總統府，旁邊隊伍那綠衣少女說欸妳們知道嗎穿制服去東方買書有九折耶。

妳說了我就知道了，心裡突地就這麼想。

城市地景改變，彷彿這森林正遭受看不見的什麼東西所侵害砍伐，台北的地圖增生了些，也有些角落開始缺漏佚散。又過幾年，金石堂仍在原本位置，但東方出版社變成了藥局，中學時代買了書便去買續杯飲料窩一整晚的漢堡王也已位移，雖然還是不時偷閒在重慶南路上賊晃，這才明白有些拼圖畢竟是絕版了。趁著某次搬家，意興闌珊將幾乎收集齊了的黃皮書全捐給圖書館，有些書是把冊頁翻了過去，卻不忍再讀一次。

道南橋之死

「十一日上午九時，道南抽水站蕭姓管理員於蓄水池中發現一浮屍，即刻通報警方進行打撈及相驗工作……」

那年發生在台北後山的死亡事件，多年以後依然縈繞少年心頭久久不去。後山，久住在木柵山坳的人們，不時會如此戲稱著談起這多雨潮溼的地方。

位處於景美溪和醉夢溪集水區的匯流之地，短短五百餘米的河谷間，便設有兩座抽水站。水閘半開，豪雨颱風季節則閉合，好比少年某次曾在半山上的校舍，眼見河道高灘地盡皆為洪水所沒，徒賸幾支球場籃框孤立在水中央。那黃濁的河水呵，又好比那個大鬍子教授梳著馬尾，半戲半謔追憶往事，三十餘年前從政大渡船頭到校園內全淹沒了，中正圖書館新落成不久，但較低樓層整個兒泡在水裡，如今看來莊重慈祥的院長昔時還是學生妹留個清湯掛麵頭，可是也不得不丟去形象，脫鞋拎著方能涉水而過呵……

一座水淋淋的校園。

都說，政大人一年撐傘的時間全部加乘起來，雨傘遮蔽的面積足以蓋住台北市。都說，從市區騎車往後山，最好要有心理準備過了辛亥隧道是另一襲天氣，通往那舊日時光的雨啊，不輕不重，但終年落著。更有可能，儘管軍功路煙雨霧迷，穿越莊敬隧道回返市廛人間，整條和平東路上只有少年隻身一人穿著溼漉雨衣，彷彿來自另一個國度，路上騎士拋來眼神憐憫，讀出來都是，唉，來自後山的可憐蟲。

「初步研判，屍體可能沈屍池底十至二十天，並無明顯外傷，可能是因之前連續兩天的大雨，使得屍體從池底浮上來……。因為腐爛程度嚴重，鑑識小組一時無法確認結果，目前仍等待法醫進一步研判。」

後山不問世事，歲月自轉，生死枯榮。

浮屍現身那日，忒大的消息立馬傳遍整個校園。少年記得，一夥人課後便喳呼著前往那業已拉起黃色膠條封鎖線的池畔，比較聰明利索些的，更直上旁邊那空寂無人教室制高點，探頭探腦看屍身包裹橫陳。也不知是校方或者村里居民的主意，還不待浮屍驗明正身不知他信的何方神聖，逕自請來袈裟和尚誦經打鈴，渡引至西方極樂世界了。消防隊員甫收起打撈用的橡皮艇，洩了氣直如一隻眾人圍觀高潮後的疲軟陰莖，警員束手側立，啊下一個段落，等著檢察官前來領走屍身，這關鍵的道具要拿到了戲才能接著往下演。

「打撈上來的屍體，衣著和三月二十二日失蹤的外籍學生相仿。失蹤當日該外籍生與友人赴某韓國餐廳用餐飲酒，晚間與學長共乘返回宿舍，十時三十分下車即失去聯絡……」

人潮終於散去，雨水又再次籠罩木柵山坳。少年踱過多雨的校園，到達教室脫了鞋，感覺雙足泡得發脹，有些白有些臭。是日，消防隊員自綠濁濁水潭中撈起的肉身所散發氣味，是也這樣薰人嗎？那之後少年也再少將機車停至位在抽水站邊的車棚，總感覺，深不見底的蓄水池裡有雙眼神孤弱無助，有些酒氣微醺。據說，外籍學生失蹤那夜，後山罩著冷澈厚重的雨幕，究竟是如何的魔魅誘引，二十多歲青年飯飽酒足後攀越干欄墮落而下……當都不可考了。後來，少年試圖從記憶深處打撈關於道南橋之死的線索，上網以各種關鍵字的組合搜尋，卻發現那震驚校園的事件，竟似只存在於後山學生的記憶當中。

多麼茫渺的死亡啊，彷彿那年春天，全體後山居民同發了場短暫的噩夢，而不能確知是否真發生過。

而這就是少年的後山生活，一則終極的隱喻了。

找一間咖啡館

這許多人，離開咖啡館之後都去了哪裡？

幾年來，據稱是島國經濟轉趨低盪，薪資數字像卡死的電梯，再升不動了！於是城裡人彷彿趕著某種流行，不想上班的全調動資金跑去開了咖啡店。為此，那個死了老婆哭哭啼啼又旋即和舞蹈老師出雙入對的全台首富還曾大張旗鼓批評，說是年輕人不思長進沒有野心，真正的海島人民應該要進軍中國放眼全世界云云。

可是可是啊，開咖啡店有什麼錯呢？

是嘔氣還是實踐對那億萬富翁的咋舌生厭，城市街角雨後春筍般開起大大小小咖啡館。有的標榜公平交易，與跨國企業血汗咖啡一較高下，提供您更綠色的選擇！有的走精品路線專賣別家喝不到的傳說名豆單品，有的主打可愛貓狗助拳，店內來去數十隻附近街貓街犬挺親人，您所喝的每一杯咖啡都是支持流浪動物捕獲絕育放生的TNR基金，可惜謝絕過敏顧客勿近。更多是什麼路線也不走，宣稱我們什麼都不特別就是特別親切，供租不起工作室的翻譯人設計人聊天人與窮學生每天來上班，工作中場休息還供陪抽菸陪聊！

傳說獨立咖啡店反映的是店主人脾性，若窗外看進來是白皙冷調裝潢，肯定服務態度也是酷到不行，加水點單拉延長線，煩請自助。城市南區如火如荼綻放的咖啡店呢，悄悄地一家家窗口過去，全都陳列木質色調桌椅，桌燈從品東西來，水杯是生活工場或IKEA絕對沒錯，播放音樂品味端看當班人喜好，晴空朗朗卻放著後搖滾後爵士之類對心理健康有害的旋律，有冇搞錯嗄？晚一點吧，某大學電音社的女孩來上班，就啪的一下切掉換成電子音樂，乒乓乓乓。有次客人進來，朗聲抱怨每家所謂獨立咖啡店裝潢的怎麼都是類似場景——打著反連鎖的名號，骨子裡，說不定才是真正的連鎖店。

所以，該怎麼找一家最搭拍的咖啡館，總的是要碰點運氣。吧檯椅子的高度，案前有沒有燈，喜歡面牆位置卻老是有人佔領，問清了你們幾點營業，我一開店就來，可以吧？吧檯又最是小咖啡館最重要的場景，整排的腦袋有時埋進電腦書本裡去，有時聽聞什麼外邊世界的變異，就同聲抬起頭來開始交換情報了。聽說那曾寫《威尼斯之死》的小說家，卻與自己的小說人物相反，受不住咖啡館裡的人際牽絆，一被認出來便宣稱著是逃亡的開始。

可是逃亡。能逃到哪裡去？另一本小說寫傷心咖啡店的傷心人生，宣稱人才是咖啡館最重要的元素，其他氣氛僅是妝點，這倒是。人聲不定要鼎沸，最好有些喧囂但隨即巧妙地靜默。吧檯裡煮咖啡那人，可能雌雄莫辨，更可能是一間咖啡館最招徠人客的牌招，電話響起，那頭少婦說，請問今天誰煮咖啡？

掛上電話，啐一聲，哼，還能有誰？

每個人心中都有間理想咖啡館的原型。或比不得巴黎左岸花神咖啡知識分子清談來去，也可能不如美帝流行星巴克那樣明朗有效率，但咖啡館之所以老這樣總這樣，為的不過是竊聽周遭幾人高談闊論，像一場現代版本的莎士比亞充滿或抒情或機巧的瞬間。隨著室內全面禁菸，雪茄大叔撤退到陽台的座位，不分晴雨繼續薰染著咖啡店的燈光。城南街區晃晃悠悠，早已過完的青春期，與那間間享樂而憂鬱的咖啡館一齊拉下鐵門，打烊了。卻意外開得更加密集的咖啡店，會是城市的荼蘼花事嗎？

追憶青春的花事將盡，晚間十一點，位在鬧區邊緣的巷弄都已沉入城市的黑夜。孤黃的街燈下不禁自問，這好些人，離開咖啡店之後都去了哪裡？

Hotel California

「聲音從走廊傳來我想他們這麼說：／歡迎來到加利福尼亞大飯店呵／這可愛的地方／甜美的臉龐／許多房間的加利福尼亞大飯店」

任何時刻，歡迎來到加利福尼亞。每當少年走過櫥窗底下，不免這麼想啊他們唱著騰踊著在跑步機和飛輪上頭，任何時刻都人滿為患的加利福尼亞，對著行過的人們招呀招，唱呀唱。為了更好的身體為了健康，為了什麼可能也不十分能說得清楚的人們在加利福尼亞。

比如說，從捷運站出來。少年總看見些汗流浹背從加利福尼亞晃悠晃悠像飄又像跳，三七步踏叢聚門口抽著菸，交換情報交換口水與身形欸你這條肌肉練得真好看說著說還邊伸手去摸，那人心裡，想又是週末了吧等下吃什麼呢的思考聲音突變得很大，晚上，去跳舞嗎？

肩著個運動提袋的上班族，肯定是肩著條棉褲，肩著雙鞋。

換下俐落裝扮成為更俐落的他們是城裡繁花，無花無草的城市裡庭園盛開，他們跳舞。

「甜美的夏日甜美的汗水／有些人跳舞是為了喚起記憶／而有些人為了遺忘／歡迎來到加利福尼亞大飯店／那些聲音從遠方來／在深夜將人驚醒／只聽到他們這樣說」

還真跳不夠，削肩背心削著看不見的房間有氧舞蹈教師算著節拍前四後四左臂擺動one、two、three嘿！一首音樂接著一首燃燒多些體脂肪，指間燃燒根根的菸。是縱情的人群使少年迷惑，還是少年也成為那群聚惑星的部分？

又或許，攀上了蝴蝶機的人一刻是花，一刻是蝶。

一刻停留，飲完了蜜流下汗水然後離去。旁邊飛輪貴婦師奶踩了整晚，不過是為了A B型怎樣壞雙魚座如何不可靠，噯，二十五歲的男人沒什麼不好，可惜了是經驗太過差勁挺不老到……

濃妝蜜意防水的睫毛膏，沖涼完畢還僵著些聲音從遠方來，漢子精赤著身體還有汗水鹹氣肚腹光圍了條巾，在滿是鏡子的房間在滿是房間的加利福尼亞大飯店。有人說蒸汽室裡充滿了神明有人說，碰觸是為了記得，有人進來有人遺忘。

還是進來吧，在這裡任何夜晚也都是盛宴。

「縱情歡好的加利福尼亞大飯店／天花板上的鏡子，冰鎮紅粉香檳／聚集這裡的人們正奔赴一場宴會／拿鋼刀戳刺／只是他們殺不死野獸呵／那是我記得的／最後一件事，我奔向門口」

就在門口抬起臉來，恍惚發現可能正有十台iPhone對鏡子攝下疲憊的臉，可有什麼好拍呢？這樣一座鏡中之城。

不乏那些八卦口舌眼睛意味鮮明的交換，誰搭上了誰下去了，幾個月來誰換了副身材，但更懷疑任何時候皆活力十足追趕跑跳的人，怎麼可能都是在運動？

聲音從器材背後傳來從走廊傳來，他們是這麼說的，關於一間健身房，或一間不存在的飯店，約在東區飲宴餐飯前上樓洗個澡，那肩著運動提袋的人在袋裡肯定也肩著一支香水，走出加利福尼亞成為位可愛的人有甜美臉龐，肩著更美好的自己，迷走這許多房間的噢加利福尼亞大飯店。

・引號內歌詞，引自Eagles在一九七七年發表的Hotel California。

繚繞之煙

少年成長這諸神之島，生於斯，長於斯。

先王先民遺緒處處在島國的街角化為一座座廟宇神殿。是落難的神祇，開光點睛肅穆靜立，尚且那些有眾多分身、怕是擱淺在早已不是湖海之地的媽祖林默娘，對街的地府陰公廟，挾立玻璃帷幕大樓中間地產商再怎樣大膽可能都不願去動。保安宮三進幽深，還有更多的佛道神靈，太虛三清三寶並立。

還在挺小的年紀，少年已篤信神明。聽母親傳述不知幾次了，姊姊尚在襁褓當中天曉得給保母餵食什麼不乾不淨玩意兒，高燒腹瀉幾日不止，更且求醫無門藥石罔效幾乎小命一條都要送掉那次，聽信鄰居媽媽勸，拎進了五甲媽祖廟跪求媽祖婆贖救小女性命，若幸得康復吾當每年返回來還願鮮花素果以酬呵……

想是焦急父母心都能感動天，也未可知。據說當晚，姊姊一切症候便像夏日午后雷雨般，說散就散了的。

是那樣信了吧？又或者，終究是生死緊要的關頭，信仰不信，可能都不是重點。然而趨吉避凶本是人類根性，一個人，若感覺對命運招架無力，又無從預知未來短暫方向的片刻，則都不免要往偉岸大靈魂去求籤問卜。

是心猿意馬糟糟亂了步，討個心安又更是無可厚非的事兒了——比如說，龍山寺後殿右進，文昌帝君紫陽夫子大魁星君佑護的是天下讀書人。每逢大考前夕呢，要抱的不只佛腳，更多的是帶上了准考證影本來到神明跟前默禱，學生某某生辰某時住某處，今次考試某月某日某幾科，還請文昌帝君多多保庇讓學生應考神智清明答題順利。其實壓根也不管文昌君哪時代人，會不會那些研究所考科的工程數學高等微積分或者舶來的傳播理論社會學，哪管得著那樣多？

拜，就是了。

但偏偏島國諸神也各自有著禁忌。沒考上那人愁眉苦臉說，根本沒用。朋友聽了問，你該不會有吃牛肉？

大驚失色反問，什麼？原是沒留意文昌帝君陰騭文裡邊一句「勿宰耕牛，勿棄字紙」，犯了忌！

摸摸鼻子只好算了。又再下回踏進龍山寺後殿，來到的卻是左進，求得月老為了一段都還不知道在哪兒的姻緣，一條紅線兩個人，隱隱牽著；上指南山頭踏青，到達指南宮門口說是不能進去，學乖的人倒也不是迷信，只是聽說呂洞賓向何仙姑求愛未果，從此立誓拆散每對到祂眼下轄區的情侶，嚇！總是寧可信其有吧，這樣撐過一陣子，婚好了的年輕夫妻，島國的出生率屢屢下降，真想生的反而生不出來，幸而月老旁邊淺笑端坐就是註生娘娘，來個白胖娃兒吧。

後來才懂得了這道理，龍山寺那七個爐鼎七炷香，原來早是先人的智慧供著每一位神明各顯神通，現代企業流行的一站購足所有需求，其實早早那龍山寺的廟祝們就已想到兼且實踐。

諸神照看，少年成長。一次進了劇場，焚香祝禱繚繞的煙氣在黑沉空間裡漸次消散。回到後台把玩化妝組的假睫毛，印著「make your eyes have God!」稍微一怔方明白了——令你的雙眼有神。誰說這城這島，不是四處充滿神明？

小店

商業區往外過幾個巷口，馬路寬窄不一的邊上擁擠著住宅四五層樓，味道有些舊，有些曲折。因為距離人流稍遠了，一樓僅是漫不經心地養著幾個柑仔店，麵線糊，關東煮之類雜事店面。是店主人自有的宅第，悠然面對整城的股市起落地租漲跌，都像事不關己。氣候變幻，還有老主顧幾人，橘子貓咂嘴舔食老闆娘撒落店頭的貓食粒粒。

小店在住宅區活許久了，照態勢是沒認真考量過盈虧，春夏秋冬開將下去，總有法子再開好幾個寒暑。

巷口有間類似的店頭，空間格局是老式的公寓，方正，但深。深得像口井。最裡頭恐怕陽光是終年不曬，裡邊待久了的人，膚色彷彿淺淺地褪了，人都不免想裡頭有洞窟娃娃魚，視力退化恐怕都是無可厚非的事。原開的是影印店，倒無關緊要，最深處陰暗堆疊的紙櫃，抽屜拉出來還是整排鮮豔顏色。

但成天印紙裝訂，就算趕著一場畢業季印製論文快速交件，能賺幾個錢？

不時經過影印店門口，灰髮的老闆空空望著巷底，望著什麼，點起菸抽。盡是位在商業區邊角，不熱不旺但也冷不死人的位置，想不到房東也貪得，想能搭上滿城地租漫天喊價也有人租，影印店撐不住，搬了。搬進巷子更深的喉嚨裡去，又再經過，老闆的菸星吐霧，襯著他更白更白的髮色，從轎車後頭隱隱地飄出來。

那店面休息了一陣，倒是在夏季行將終結的時刻，敲敲打打起來。路過，不免好奇接下來開的什麼店？旁的柑仔店老主人，偶爾探過頭來，從厚重瓶底眼鏡後面照看著。

又過一陣謎底突然揭曉，布條花圈一字排，號稱超強雪花冰開幕期間八折優惠！但老社區裡的明眼人不免私底下交換意見，雖然俗話說是賣冰好過做醫生，但這會兒時代不比當年，巷底就是河堤的哪兒也去不了，言說的語氣頗有一點看衰這店，開幕時間也不對，夏天即將翻頁過去，接近中秋的天氣忽晴忽雨忽熱忽冷，變幻得像浸了各色墨水的紙張片片暈開來，鬼才來吃冰呢。

每夜路過冰店門口，有沒有一桌人客？

就算有吧，那櫃檯裡老闆娘舀佐料添冰添醬的動作，又生澀得讓人不敢領教，灑了滿檯的碎冰汁水，搖搖頭，唉。

天氣更涼，吃冰的人更少了。每路過一次都不禁想著，還能撐多久？頗有看好戲的心情，兩個月？三個月？又覺得這店，恐怕是一對退休夫妻想做個當頭家的夢吧，可店租在燒，人力在燒，店鋪最深的裡面那幾張膠椅上，兩個工讀生穿了圍裙玩著手機，百無聊賴的，生死無事，總的為那老闆夫妻感覺不值得，挑錯行業挑錯點囉。

又後來，貼出一張海報，營養早餐即將試賣！探頭看那店生意的時間，從暗暝改到了晨光裡頭，還有點不習慣。撿來看看，那幾款提早備妥了的三明治，也和公司底下那幾間早餐店沒啥兩樣，想了想，又放下。這麼再過幾個禮拜，試賣的清單加多幾樣，看那法寶袋裡能變出什麼花樣，嚇！這回竟是鍋燒意麵！

鐵門後來拉下不再打開了，要怪罪給路衝的風水，但柑仔店數十年如一日的昏晃光景，又做點解？柑仔店老闆走一步停一步地出來，在門口看了看，那橘子貓從旁歪頭潛行，嗷嗚咪嗚，像要問那刨冰早餐鍋燒麵的店主人夫妻不知消失在車潮邊度，嘶叫一番，還是同老人一齊回進裡邊了。

速食店群像

最多小熊維尼的地方在哪裡?森林吧。不是,城市裡哪來的森林。咦這問題有鬼,百貨公司玩具部門囉。也不是。公布答案了——在麥當勞,因為麥當勞都是維尼。說話那人突然唱起廣告歌曲時候,圍坐桌面一群少年少女陷入沉默,又同時爆笑出聲,作勢抓起水杯要潑,屁啦這點子誰想的,網路上偷來的爛哏吧。

哪有爛,好歹麥當勞快樂兒童餐也是送過維尼,此言不虛。

少在那邊裝腔作勢了,你!

是西風東漸,或者更時尚些的說法,全球化吧,一開始速食店賣的還是正宗美式炒蛋火腿可頌之類物事,五歲的少年給爸媽拎進了麥當勞,也不知道是早晨的健行中了暑熱,或軟糊的炒蛋吃不慣習,當著整店頭的人群嘔吐起來,哭號著說我再也不要吃麥當勞了。但這種話聽過就算,紅髮小丑領軍一夥馬戲班也似大鳥姊姊漢堡神偷在城市裡攻城掠地,四處蓋起了金色拱門城堡。買單不買?媽我今天考試一百分哦我想吃麥當勞——

越發講究效率的城市,速食店越開越多。那個號稱擁有十一種祕密香料醃漬薄皮炸雞的老上校,也來分食這市場大餅。再是火爐自動翻烤巨無霸多汁肉片的漢堡之王加入戰場，亞洲本地人也不甘示弱，丹丹漢堡默默開在島嶼南方兼賣麵線糊，摩斯日本佬專攻上班族精緻口味市場。於是城市裡多了個傳說，想吃炸雞去肯德基，吃漢堡便去漢堡王。呃那麥當勞呢？

麥當勞？不是帶小孩的年輕夫婦或國中生念書才去的地方嗎？

倒也未必。華西街頭的麥當勞彷彿不屬於這城，免費的洗手間成了無家可歸之人白天打盹的陣地。最熱鬧東區頂好麥當勞，西裝筆挺失業男人望著窗外發獃。西門町成都路漢中街口那家麥當勞遷址之前，可是整個台北援助交際的大本營，蹺課的高中女生和單身老男人，唉呀湊起來那陳年衣櫃的氣息混合少女清純笑容裡帶點淫靡，怎麼想，這故事編排起來都是媒體獵奇的絕配組合。少年少女來到西門町，欸要吃啥，眉頭一皺說嗳哦，那家麥當勞氣氛超怪的，流傳著甚至有退休國大代表出沒……

除卻這些，速食店窗明几淨，倒真是念書的好地方。重慶南路漢堡王是少年少女最愛，看中的不是貓王老搖滾鄉村風情那裝潢，當然更不是那台難得一見投幣按鈕便哇啦啦唱起來的點唱機。從男孩路下課出來的少年們傳遞著消息，可樂無限續杯哦，點個套餐可以坐整晚怎麼樣都肯定划算。館前路麥當勞地下室遮風蔽雨，社團男女乾脆直接集合在那裡大大咧咧往桌面鋪開了海報紙，做起美工來了。

速食店成為人們在水泥森林裡移動，可以一個人可以成群結黨，短暫停留或在嘈雜中禪坐修身的所在。

許是競爭更加激烈，速食店花樣推陳出新，先是召來那風行多年無嘴貓布偶拉抬早餐行情，跟定最新上檔動畫人物穩固孩童市場，後來索性延長營業時間，比照便利商店辦理，不打烊了！另一方面卻悄悄將飲料機搬回櫃檯裡面，又或者張貼告示，請各位同學不要佔用座位做美工海報，以維護其他使用者的權益……

什麼，不能續杯了！我們全力抵制這種罔顧學生荷包的行為！

偶爾也會想到油炸速食熱量超高營養不均衡，走到隔壁街角買在您眼前現做的潛水艇三明治。但少年少女們擁抱速食店時光，從來為的不是健康，那又是什麼其實也說不上來。失眠的週末雨夜突然想吃麥當勞，眼看大麥克供應時間只到凌晨兩點，匆忙出門在一點五十分衝進光潔明亮的城中之島，及時趕赴這場一個人的小小夜宴。

電影街物語

城市不輕不重浸在薄冷的雨水裡，距離開演時間越來越近，票口前方卻還是蜿蜒排隊的人龍，不免氣急敗壞懷疑這些城市人除了看電影，是否沒別的事情好做了？少年責怪自己為何當初不選在位在信義區的電影院，線上訂票快捷方便。但城市這頭，雖沒有天橋相連的天橋，小店旁邊卻有小店，巷子裡還有巷子，像臟腑血管般蔓生在台北最老一塊現代商圈，就算不辨方向胡走幾步，總會碰到一家戲院的。

以往未曾預料城市地景改變，看電影，一直選的都是電影街。

電影街短短幾百公尺，武昌街二段的號數，安放足有五六家戲院，更不講整個街廓，轉頭四望瀰天蓋地罩下來都是電影海報和液晶螢幕強力放送的預告短片。聽說，這卻已是西區幾經起落，蕭條後又再攀升的態勢。九〇年代西門徒步區整頓，號稱軸線翻轉，西區復興的時代。

少年開始在這路頭踩街時，電影街成形都一甲子有餘，光聽大人傳述還是學生那時，電影院之門庭若市黃牛猖獗，說來彷彿天寶遺事，那榮景難以想像了吧，遠得！偶爾少年途經歇業多時的獅子林大樓，金獅銀獅寶獅雙獅那些名字如今聽來像是冥府的守門，除了影展時期，怕也再少人踏進去。穿過鬼氣森然的交叉扶梯，二三樓的電動機台傳來電子器樂熱鬧聲響，對照整幢大樓內部杳無人煙的蕭索清冷，只有加快腳步通過。

並肩沉入黑暗，年輕情侶平時羞澀的手這時便勾起來了，卻怨懟後頭整排的，是國中女生嗎？對白裡隨便一個無聊笑話，有什麼好笑的！轉過頭去，麻煩妳們小聲一點。又或是前邊另一對情侶，嘩，親得比男女主角還熱烈，怎麼不乾脆去MTV開包廂。看片打啵摸摸，活魚三吃。有時逛街逛過頭，遲到了才摸黑進戲院，找座位路途踩了滿地爆米花碎屑，那倒是世紀之交，美式電影院管理模式引進台灣後才有的事了。

西門町雖是台北發展最早的現代化商圈之一，與八〇年代初開發的大東區相較，卻曾被打得抬不起頭來，電影街當然也不例外。早幾年流行百貨商場和戲院的異業結盟，人潮往東邊去的九〇年代，豪華戲院不再豪華，日新也已不新，後來更乾脆賣給東邊來的威秀影城。來來百貨不堪商圈重心位移，驚傳易主，由誠品集團大張旗鼓改組為誠品武昌，許多店開了又關了，一場大火燒掉整幢樓，友朋間耳語著都市傳說，有人目擊幽靈船曾駛到西門町上空……

討厭，不要嚇人家啦，這樣怎麼專心看電影嘛。

那就，抱緊一點囉。

其實多數時候，看電影，為的總不只是電影。反正看過多少部電影演了什麼，怎可能記得？少年也曾在記事本裡仔細貼妥每一張電影票根，錄記情節敘事和趣味，後來電影票全面改為感熱紙輸出，過沒兩年，字跡褪脫，模糊得看不清了，當時坐在身邊的人也已換了不知幾輪。

有些事情淡了，另一些轉變卻出人意料，西門國賓破天荒將數十年來硬頸不動的全台最大廳改建為三廳的配置，還跨過市民大道在微風廣場經營起影城。當作是西區的逆襲，可以吧？

三部曲電影不知怎麼突然流行起來，電影街也從善如流徹夜連播的電影馬拉松，六七小時看完再回到街頭已是清晨。少年有些疲憊地閉上眼睛，不知為何，依稀記起曾有一時，戲院外頭懸掛出自畫工手筆的巨幅海報，填滿了武昌街的場景。雖因手繪之故，不免有些失真，那高反差的濃豔色調，卻直到很久很久以後的此時，才幽幽從記憶底層被篩了出來，在初升的旭日光暈裡頭，漸次浮現。

遠方的西門町

少年對西門町的第一印象，是許久以前某次過年，聽說姑姑帶姊姊去看《東方不敗》的地方。悶得發慌央求著要同去，媽鼻孔出氣說你才幾歲，跟人家去什麼西門町。又轉頭過去對爸說話，看你小妹，怎麼帶孩子去西門町那種地方。啊彷彿是那妖都台北最陰森魔魅的叢林呵西門町，那種地方。姊回來以後，少年不免追著問，好玩嗎好玩嗎？

人超多，多到不行。還有呢還有呢？

看完電影，就沒有了。

西門町有些神祕有些遠，國中時代是從士林搭304穿越半座台北城的距離。班上總是第二名那女孩在數學課傳了紙條過來問，要不要去看電影，傳回去問說哪裡？西門町吧。好啊。藏不住的興奮雀躍，注意不到數學老師繞過來，手中課本捲成一卷拍在頭頂——上課、專心！

國賓戲院有據稱是城市裡最具臨場感的聲光效果，少年少女斜倚在彼此的肩膀上就同陷入黑暗，齊在那兒看了幾場電影。看過什麼早不記得了，只是黑暗之前之後，西門町街頭飄散的氣味，和少女的掌心合而為一，好像國賓戲院淡藍色布幕上打印著明星花露水，童年的味道蒸騰出來，是戲院後頭山東刀削麵吃得滿身大汗，又再旋身進入萬年大樓，冰宮、湯姆熊、模型店、水果攤。萬年那台出氣筒遊戲機，供人打擊的軟墊早已露出破敗的內裡棉絮。少年少女繞遍整座西門町尋找每一台最新款式的大頭貼機器，鏡頭前的笑容甜美不可勝數，只是臨至分離時刻，還是剩下兩個人的相互依偎，凝止在大頭貼狹窄的框框裡。

少年進了男孩路的高中後，西門町近了，不過穿越植物園的距離。

無論晴雨，炎炎夏日或者凜冽冬季，某些下午，只要不想上課，穿著制服的少年和同學們拎著書包，一大群卡其色人影下水餃也似地跳出學校矮牆，簡直蔚為奇觀。而植物園是綠，荷花是粉紅。花架是白。有時會想，什麼顏色可以代表西門町呢？比如說午后街頭，怎會有這麼多穿著制服的少年少女，綠色，黃色，白色，卡其色，淺藍，草綠，叢簇成群，並且盛開。段考後更熱鬧些，一個綠衣少女向朋友秀出剛打上的耳洞。

靠中華路一條巷弄裡可以訂做到最貼身，最拉風的緊身喇叭制服褲，絕色影城樓下開了SEGA World，於是少年再少去到萬年大樓。好多人穿起寬鬆的嘻哈服飾，少年的卡其色襯衫裡還是社團活動的營服。難得買一次路邊的烤魷魚回家竟拉了稀。迷上日本視覺系搖滾時，95樂府能買到月之海的演唱會門票，中華路上，二樓的佳佳唱片總會進些少見的獨立樂團單曲，少年戴著耳機，想像自己是彩虹的Hyde，唱著、和著、哼著。

制服下襬總拉出來放在褲頭外，一路上很多憲兵和便衣在看。

西門町又是情侶的街頭，少年也會不經意想起那時身邊也有個女孩，可高中時代，少年和同學們嬉笑著晃過陌生人，大聲說「情侶有什麼了不起」，西門町街頭，原以為熟悉的景物好像變得有些陌生，而他也和以前不太一樣了。

什麼時候開始，少年漸對西門町街頭總是大聲說話的人群失去耐心，一個人的電影散場，待不上半個小時就覺得耳聾目盲。西門町的版圖繼續擴張，往北，往南，往河邊，像城市在自行繁衍著，而什麼地方也被填充得更加飽和了，他開始學會離開。往西門町前進的路途，也總預言著，離開。Campo藝術節人潮一路往紅樓劇院，然後離開。在KTV包廂裡飆升高音，唱過整個青春期的歌，然後離開。台北電影節在中山堂的黑暗裡自己掉眼淚，然後離開。買一雙便宜的愛迪達球鞋，然後離開。才剛停妥摩托車就預想著事情辦完離開的時間，西門町變得又近又遠。

直到某次和朋友約在西門町，對方卻臨時撥了電話說不過來了，等待之間，亮晃晃的白日之下無從躲閃。少年這才承認，關於西門町的記憶與青春期，都像張老照片一樣，在歲月裡給曝光了，便再找不回那鮮明的色彩。

大東區

電話裡嗚啦啦的言不及義行將終結，說是要吃吃喝喝，或者隨意走逛，總之打不定主意要在哪兒碰頭。公館師大？鎮日都混在校園附近，你不膩我是都膩出油了。淡水北投？紅線綠線一路過去肯定是要嫌遠。西門町？拜託那是國中生才去的地方吧。那究竟要約在哪兒？

電話那頭沉默半晌，還是，東區吧。

一開始，口中的東區只不過是忠孝東路四段，那以復興南路、延吉街、市民大道與仁愛路框架成的街廓。

這廂崇光百貨巍峨的白，像雷峰塔一樣鎮住了整個東區來去的妖嬈女子，週年慶心甘情願魚貫而入的白蛇與青蛇們，爭購保養品化妝品乳液與面膜，從那些唇紅齒白鶴童鹿童手中接過靈芝草，敷抹塗推的手勢像煉丹提藥，更像許仙將再也無能見著蛇妖真身那樣的喜不自勝。那廂，誠品書店二十四小時的燈火早已賣的不只是書，而是文化品味與一種身段，藏青色的書袋裡，放的就算只是本女性雜誌，也像是鍍了金，高人一等了，站在門口抽菸等人，看城市有張煙視的臉。

偏是微風廣場開了在市民大道那一頭，生生把人潮再往北側給踐去，金融街也給納入麾下，往南則是敦化仁愛樹海蔓延，東區漸開漸大，市民大道原臨著鐵路而建的低矮屋舍，這當口已演變為大東區的胃袋，養著花雕雞與涮涮鍋與居酒屋與串燒舖。

總是約在東區，氣候變遷皆無礙那一次次與友朋情人的聚合，更多時候是乘了捷運從地底去，出了站口才感覺這雨水已憋了好些時日，下起來是扯風響雷的勢頭。好在東區也是騎樓連著騎樓連著地下街連著更遠處的地下街，無懼晴雨的人走過來，也有人狼狽地過去，東區它媚行的版圖越來越廣，踩著水窪的腳步最後會在哪裡停下？

誠品也有些凋敝有些委靡，明曜百貨盡是有著東區唯一的透明電梯，你也不再覺得那有什麼特別吸引，期待著，唉再開一家UNIQLO吧，救救這老牌百貨。

SOGO在對街又開了一整棟綠油油的，相約的地點還得加上顏色形容，白SOGO還是綠SOGO？再三確定，綠的齁？還不忘酸嘴溜舌說，肯定是民進黨執政時拿到的建築執照吧，綠到不行。

更往城東去，信義計畫區也成為東區的部分。

一座城中之城，再沒有別的街廓比這兒更接近明天的了，比如說中環之於香港，濱海灣之於新加坡，更美好光敞潔淨的佈局，更高更現代的樓廈比左近的丘陵更高，像要征服氣壓與低雲，一切都在控制之中，大東區進化到這裡，好像再也沒有什麼傳奇。

或許還是有，一年一度的特定時節，你看見煙花。煙花那夜在城東開落如最盛大的一場雨，逆風而上的火焰，映著沉鬱的雲，箭簇與煙霧同聲散開，青蛇吐信的花蕊早已被黑色天空收了去。他們當然也都看見煙花，一年開不過一次仰首姿勢裡，叢叢簇簇的光芒與火，與顏色，佔據了時間。時間停止在那裡，然後時間謝落，留下半座城市還震懾的表情，不及將口唇合攏。

後巷

要判讀台北我城之興衰起落，景氣漲跌，萬不能光看那商店大街百貨的人群。得要走進商圈背後的陰面，最好是看巷道交錯斜行的街景，住宅中間墩著隱祕小燈的店招，墩著開闔的鐵門。

台北越是人潮稀少街巷，越有機會養著夠有風格一家咖啡店，或陳列西藏薰香唐卡鋪著張臉，從窗口要滿出來也似的針縫，或是那店，用上好骨瓷茶具裝盛著德國有機茶湯，也可能養隻貓，蓬鬆的毛色踞在落地窗前，陽光都為牠們閒散停駐。

後巷曲折肚腸裡，藏著一襲欲語又止。越有話說的內進，越是不張揚的沉斂雍容。因為風格，所以來人幾希，午后時光屬於那些免於案牘勞形的師奶，轉進了黃昏，則更為周圍街區的家戶敞開。賽風壺邊，那埋首數學作業的國小女孩，最是後巷慵懶底性的呈現。

可慵懶，卻不等同於冷清。三兩來人的氣色飽滿而溫和，恰好與街樹牆花相對，一株羊蹄甲，百日紅，高矮漸次的街景勾勒幾筆，還有的植著竹子，細細斜斜從牆裡探出來。裡邊溫溫藏藏，匿身其中的餐館最拿手是老闆娘私房菜色，也兼傳遞著些許祕方與私傳的撇步，個性極了的氣質，其實也是那掌廚女子僅在眉眼之間化上淡妝的姿色，和闊街前店大剌剌的廣廈高樓可不相同。

比較無所事事的日子，鑽進城市的後巷，誰說台北榮光、繁華了，就把慢活兒的本事都給捐棄？夫妻兩人擇了後巷開了店，只因地租便宜，但又是在這首重行銷派頭的年代，是以公寓底樓端出來的菜色，絕非大街上點幾個霓虹就亮了的連鎖異國，而是沒幾把刷子還實現不了的一款庶民小夢值得稱頌，雅事風流。

久而久之，還是有些後巷隨城市經濟幾度起落，擋不住蕭條索然，店舖間間闔上，繼續莽生的只剩下店主人終究沒能帶走的盆景栽植；可有的呢，在大路環伺中間，還是闢出了自己道途，開張一筆筆新的風景。

好比文昌街，開始可能只是圖個巷裡店租便宜，垛著整屋整室的傢俬，展場也就是它的庫存，這樣賣了幾多個年頭，竟也成為台北首屈一指的家具街，街景蔓延之處更和通化臨江街市連成一氣；又像龍泉街，原本當然是菜市的延伸，又沾了學生宿舍便在左近的地利，小食飲料攤鋪天蓋地而來的膠棚遮掉了日月晴雨，理所當然跟進的批貨男女，就在街市空隙開起最新潮的日韓流行衣飾店面，現今已儼然成為台北南區的五分埔。

永康公園像極了一口城裡的老井，吞吐著都市的塵埃與廢筆，更沒有人說得清楚，究竟是永康街造就了鼎泰豐，還是鼎泰豐、老張牛肉麵、冰館和永康公園，共同拉開了一場後巷變前街的好戲；人來人去，最令人懷念的溫州租賃街，一度站在巷口可有七、八家咖啡館環繞的風景如今當然已經不在了，但台北我城的義式咖啡風潮起，如今席捲城市，少掉溫州街這筆歷史卻再怎麼都寫不全的。

後巷是這樣，偶然彷彿從夢底浮現出來的酒釀與鼓譟，像極了那夜，咖啡店、小酒館最後拉下鐵門的聲響。店鋪更迭間敲打的態勢，近日又有何變遷，在那裡來去的小老闆、過路人，各自度過的時間當也是各自憂慮，街巷的荼蘼花事開完了又謝，換過幾張臉的後巷，肯定也和以前不太一樣了。

夜市人生

倘若有個什麼地方，稍走上一遭，便能一語道盡咱這島國的綽約手姿百態，那肯定非夜市莫屬了。它們原先可能都只是黃昏市場在時間軸上的延伸，從殘餘的菜梗果葉，以及刨削下的魚鱗與保麗龍碎末中間，給清出一條貨真價實的生路來。

一些攤販就著初晚的微光，亮出了壓根也無從探詢產地來由的廉價飾品，通常是皮帶圍巾零錢包之類，一些呢，則是推著涼水小車賣起泡沫紅茶綠豆露冬瓜茶仙草蜜。那頭街角，兩個微腆肚腩中年男人，取出火炬般驚人尺寸的打火機，點著了，竟往手邊兜售的仿皮提包上招呼去，強調絕燒不壞！那態勢，最是生猛有氣力。

夜市所在之處，反正原是窩身在平房公寓之間，不知怎形成的城中街市，從早市午市進到向晚時分，婆媽們來了又走，復領著鼻涕牽黏小鬼頭又來，又走。

鎮日下來的月月年年，給踩踏著歷經所有油水魚腥塗抹的地皮，騷膩膩的，也不可能挪作他用，氣味是註定了要刷洗不淨，一不做二不休，便有人大剌剌擺起了簡易的食肆，佔地為王了！可求的，也不過婆媽叔伯口袋裡零頭的銅板吧，在視聽娛樂還不特別發達的年代，恐怕那好些鋪張開來的套圈圈、射水球、彈珠台之類宣告「大獎奉送」的位址，勢必肩負著孩提少年少女一波波驚奇歡笑的重責大任——誰不想靠著就丟幾次飛鏢，能把歪歪斜睡在旁邊的玩偶大熊給拎回家呢。

當然曾思索過，那收錢的虎背熊腰刺青漢子，光就抽菸嚼檳榔好了，在白晝時分，或在夜市休市的初三十七，靠什麼過活？

又為什麼，特別熱門那幾個紅豆餅啊黑糖粉圓甚至割包攤子前，永遠排滿嗷嗷待哺的人流，像極撈金魚大水盆裡叢群而來的魚嘴們，張張復合合。

從來沒有人能說得清楚，究竟是夜市造就了更多的人潮集聚，或者是人潮令得夜市的版圖如黏菌般擴張，望周邊的街中之街，巷底之巷繼續蔓延。整個夜市瀰漫著氣味與聲音，好像再多那剛好的一點點，就即將滿溢出來的——好吃喔裡面還有位置喔要吃飯吃麵都有的蚵仔煎麵線糊鱔魚意麵攤位種種聲息，往稀落巷子裡去，一個拎口箱子就擺出晶亮耳飾項鍊手環的日系女孩，把臉埋在手機裡邊，甚至也不抬起頭來看看客人地翹著腳，啊一下發現這好像世界的終點。

這才知道，凡此百般吶喊呼號高聲招徠的音調，界定了夜市的邊緣。

大腳桶的金桔檸檬辣妹出現每個地方，而無論在哪裡，聽來都十分相似的聲聲你好聲聲喚，聲聲甜裡問的卻是先生要不要加酸一點？

後來，城裡的夜市歷經幾度整頓，總是有些夜市死了，有的活得更偉岸，卻給梳理得人模人樣，收服到固定的水泥建築物裡邊。有的呢仍然我行我素，壓根不搭理什麼環保法規，照舊把廚餘油污清潔劑混雜一氣的嘔吐物往下水道排，有的在街口立起牌坊號稱觀光夜市，裡邊就血淋淋演起殺蛇取膽的戲碼，要膽這裡有，沒膽的不要來！

可無論是哪款夜市再規矩的陣列之間，最時常響起的聲音，恐怕還是與警察躲鬼的攤商奔跑來去著高喊借過借過借過借過噢！打游擊戰一般的攤商毫無畏懼，眼見眾多夜市被收編，被管束，被限制在同一款馬甲裡邊，只要他們走鬼的腳步不息，台灣夜市生死循環的戲碼也就不停。

輯四

特別呈獻

我們保證這是一個最完美的樂園
您可以在最短時間內獲得
最多的愉悅彷彿您完成許多次交配
然後在您朋友的額頭上
畫一個叉

每到夏天我要去海邊

少年少女們不記得從哪一年開始，盛夏溽暑總會提醒著，該是收拾款妥海灘褲、沙灘排球、小可愛，噢當然還有人字夾腳拖鞋，劈哩啪啦一路踢踏出行軍的聲響，去海邊囉。可能真就只是為了一首青春期的歌，每到夏天我要去海邊，不管海邊有沒有個漂亮高雄妹。哈囉哈囉，您是高雄妹嗎？或者索性拿張紙箋，自己寫了「高雄妹」貼在胸前，哈囉哈囉，你在找我嗎？

別鬧了！高雄妹胸部哪有那麼小的啊？

墾丁南灣呼啦啦吹著島嶼南方的風，這風啊吹得人暖呼呼的，和盆地裡都市熱島的風向拂過臉龐是否有什麼不同？同行的不想跑那麼遠，大溪蜜月灣，金山沙珠灣，三芝白沙灣，翡翠灣，乘電車或巴士往海邊進發的少年少女們迫不及待在車上便手忙腳亂塗起了防曬乳液，欸你幫我抹脖子後面。還有腰啦，順勢一捏肥肉，哈哈夏天來臨前沒有減肥齁。你管我！這裡沒有推勻小心到時候曬完變成迷彩臉，呵豈不是和你的短褲同一款式——剛好而已啦。一群人裡也必然有比較死硬派的自稱男子漢之類，抵死不肯搽防曬，說油油水水的玩意兒搽在臉上，不MAN。

嚇！難道曬到紅腫脫皮癢痛難當，有比較MAN？

嗤了一聲，哼當然有。

在台北車站集合時便目到的那隔壁團隊，看裝束也知道是要同去海風裡飲宴的另群少年少女，果然也到了福隆。海水浴場外邊的7-11，開在這裡正好撫平城市人的鄉愁，喂喂，不是才剛離開，鄉愁？有冇搞錯嗄。總之是滿籃子裝起城市人在城市裡不會買的洋芋片，鱈魚香絲，真空包豆乾滷味，啤酒，啤酒，以及啤酒。這都是學校沒教的事，夏天等於海邊等於啤酒，這道同義詞國文課不會考，英文課也不會考，但少年少女們了然於心。

錯！還少一個加號。夏天等於海邊等於啤酒加音樂。

喜歡和群眾狂歡同樂多些的，會覓得各種大小沙灘派對名堂千奇百怪，從搖滾音樂祭到流行滿月趴，從民歌不插電到電死人不償命的電音派對任君挑選。

還是豔陽高照的時候，唱啊唱，哼啊哼，太陽落入西方的山脈中間看不見了，淨灘部隊神出鬼沒不知從哪裡冒出來撿拾垃圾還多出隻手拿大聲公宣導——請各位遊客順手攜走您帶來的垃圾共同維護一個美麗的沙灘。盛夏，噢不，剩下的人群才在沙灘上築起篝火，不醉不歸啊杯莫停，喝酒喝酒！其他的人呢，比較沒那麼講究的扛個練街舞的手提音響，幾顆電池幾張CD，蕉風椰雨Bossa Nova起來了。稍微講究些的，甚至會把敞篷跑車開上沙灘外緣，整路沿著北濱公路狂奔砰砰碰碰的，台客？當然改裝音響為的正是此時此刻此在，音量催落跳乎伊爽跳乎伊勇，跳到凍未條啦——

哪個童心未泯的傢伙，竟帶來了充氣天鵝船游泳圈。欸借我玩借我玩。求我啊。求求你啦。另外一邊，甚至不會游泳的那少年在腳踝上綁了安全繩，夾著衝浪板逐浪去也，划啊划向那廣袤無垠的海天一色之處，嗶嗶！哨音提醒海水浴場的邊界到了，高牌矗立本月份溺水人數，三。哼嚇不倒我的，但還是回了頭乘著一陣高浪，又好像不夠高，這波浪呢，是要站不站？

站！果然跌了狗吃屎。

爬出水面，岸上隱隱傳來嬉鬧的嘲笑聲。

笑屁！見一道浪遠遠的來，又追。整個夏天我要去海邊，直要泡在水裡很久很久，泡到手腳發白戴隱形眼鏡的雙眼鹹得有點澀，少年少女才上了回程的車，還沒來得及搓搓腳把足趾間的沙礫掏弄乾淨，便立馬睡死。睡到東倒西歪口水都滴下來的少年夢裡，依稀還是那句老歌詞翻來覆去，「每到夏天我要去海邊，只打電話不常見面我好想念……」

側臉45度

某條廣告嘗言，人，才是一座城市最美的風景。

光是看著那些無懼於背景之平淡無聊，即使在咖啡館、拉麵店、麻辣火鍋水滾氽燙間也要抓緊時間拿起相機的人們，在捷運移動間或乾脆等待紅綠燈空檔，對準了鏡頭噘起嘴唇，片刻不敢或忘是取鏡永遠的四十五度角大剌剌拍將起來的花樣年華妙齡少女們，少年幾乎要相信那條廣告確是所言不虛了。

當然也曾懷疑過，究竟是有什麼東西那樣好拍的？

一回，友人新購入了相機，少年靈光一現遂決意親手實驗如法炮製一番，舉起相機整個臉兒的湊上去，按下快門旋即翻過相機來查閱，果真是！壓根不必在意背景幾何，照片出來端的是張臉擠眉弄眼的，卻下巴削了去，不在照片裡邊。納悶究竟要怎麼做，才能兼顧那側臉的角度，又能同時將整張臉框進那兩吋平方的小小畫面裡去？試多幾次，兼且四處觀摩，才發現訣竅不只是努力收起臉頰兩側的肌肉，網路上看來那些自拍美女，巴掌臉大小的圖像從來都是拿起相機一瞬間，彷彿反射動作般翻轉脖頸，壓低下頷，睜大了水汪眼眸，附加蜜甜豐唇輕輕一噘，這系列動作既是同時發生，卻又沒那樣簡單，仔細探究，當中有著微妙時間差，觸發先後的連動。

噢少年不禁暗自讚嘆佩服起那些拿出相機便訓練有素調校到位，甚至看那小小一台相機近距離拍攝，能容下多大面積？硬是有人可以放進姊妹淘整夥兒人的一、二、三、四、五張臉煞是奇觀。

手持相機的距離，有關。鏡頭的位置，有關。臉側少些，則可以放進畫框裡的人數就少些。這年頭，流行小臉美女嘛！瀏海髮鬢的位置，癟嘴或微噘，一切都有關係。啊，唯是以相機所在位置為依歸的，向日葵般臉頰粉嫩的少年少女，照相本身，竟已成為比攝下的影像更重要的事。

卻不意這習練自拍過程，全給少年友人黃雀在後捕入鏡頭，上傳相片分享網站不算，兼下了圖說：「隨著數位相機的普及，自拍族群崛起，嚴肅攝影式微。」這可不能令人服氣了，怎麼拿的是數位單眼，就自動變得嚴肅了嗎？氣鼓鼓的語氣裡，少年詫異的是自己原先不以為然的自拍，倒也漸養成了稍有創意的攝錄表情，歪嘴斜眼配道具，擰臉瞠目齜牙吐舌，都算不上誇張，這些原先打旁邊路過看了都要皺眉的，現在卻不過是——剛好而已。

因為拍的總是臉，而科技又始終來自於人性，少年第一台親手擁有數位相機最大賣點，是它單鍵切換的美肌模式。拍出來膚質平滑，光潔，清亮，什麼熬夜疲累的毛孔放大，全都晶瑩無瑕。樂此不疲的自拍少年，幾回一個人出門旅遊，再不能像兒童時代，全家人並肩微笑靜止在某國家公園迎賓告示前，真真正正嚴肅的到此一遊。幸虧數位相機謀殺的不是底片，是電池的電位差，左右校準角度，練習將自己放進城市風景裡去，於是練習，於是刪除重來，將西爾斯塔，香港中銀大廈，哈爾濱龍塔……全同自己的臉，齊放進相框裡去。

只能是張臉，再多也不可能的，一張臉。

這麼慣習了一陣，少年有回興致高昂回顧硬碟裡邊江湖行走四處的照片，只覺得不同城市不同高樓的不同地景角落裡，表情如此刻意修飾，總歸是微笑著，卻再回憶不起旅行當下真切的情緒。恍然自問，你為何能隨時保持微笑？

溜滑梯

許多國小校園裡都有這樣的溜滑梯。地面通往一樓的階梯中間吧，砌著條細砂磨石子表面的溜滑梯，雙黃線般，分隔開上下樓梯的人群。國小正值好動的年紀，更多孩童在底下這頭，每每要助跑個五六公尺往上衝去，登峰了！振臂揮拳，小霸王也似，宣告自己在世界之頂——不知究竟是溜滑梯依附樓梯，或者溜滑梯才是正主兒。

女孩兒們穿著制服百褶裙，通常是走在邊上，是不溜的，但男孩兒們呢，穿的是褲子，卻也少拿褲底去擦經年累月斑痕的滑梯。踏雙前幾日新買的JUMP運動鞋，便這麼唰地踩溜往下，溜滑梯既是孩童們測試新鞋摩擦力最好所在，是踏浪迎風，更像是預演著未來的滑板少年們，在西門町、河濱高灘地，或甚至就在東區街頭催踏著，一路而去。

有那麼幾次，溜滑梯上頭孩童們不辨來往人流方向，逆溯、順流幾個人，生生碰得頭破血流鼻青臉腫，給路過的老師拎著鼻子耳朵往保健室去，叨念一頓肯定不會少。可念歸念，刺激的嘗試從制不住這些體力過剩小魔頭，跌倒受傷的案件更多了，學校乾脆在溜滑梯前拉起命案現場一般黃色膠條，為維護各位同學安全即日起上下樓請走樓梯，禁止使用溜滑梯。

那男孩先是跌出膝蓋小腿邊整片擦傷，傷口還髒兮兮地搽著紅藥水呢，課後就下戰帖也似說，喂，要不要去溜滑梯？

學校不是不給玩了嗎？

不給玩你就真的不玩喔，沒用。敢不敢嘛？

禁不起激幾個人，列隊搭著去了，最淘氣那人甚至提議在滑梯上接龍。猶豫一陣，有人退出，有人加入，最後還是湊出同班不同班的男孩串兒，鼻頭貼著後腦跨坐著，一、二、三、溜！列車出發近到地面時，天知道怎麼，最底下那人足心發毛怕得突然站起身來，嘩，原是相挨著冒險的呼息髮絲，全跌成一塊兒的鼻血沾著制服黏了頭髮咿咿啊啊受疼的哀叫，引來學校警衛，只是課後時間，保健室早就人去樓空，一群人給押著去到醫院急診室。獲報來了現場的訓育組長眉頭一皺，哎，受傷的，怎麼又是這幾個！

隔日鼻頭貼著固定器那幾張臉，免不了要給導師懲處，但要怎麼罰？拿捏半天，既然這麼愛跑跳，跑完操場再罰寫百次我以後會注意安全不會在樓梯上玩接龍遊戲，那龍字筆劃特難，歪歪扭扭寫著，好像疊成一朵兒的哀呼身形。

後來，隨著學校建築整頓增修，那依附在樓梯上的溜滑梯逐漸消失，取而代之的，是靜默一隅由塑膠板塊拼接成的巨型遊樂設施，通道空管裡時刻迴盪驚叫與尖笑。管道裡穿行的小小頭顱，一躍而從路線底端的滑梯直下地面，鮮紅豔黃的聲響色彩，彷彿停駐在不識歲月的樹影底下，從不曾長大。

依稀記得階梯旁植著幾棵樹，如今是已想不起來那樹種是楓香或合歡了。總是到了換季時節，秋風淩厲而苛刻的氣勢，明明晨間掃除才整理的，過午之後颳下滿地落葉，很快就又把溜滑梯底下蓋滿了。許久許久之後，孩童們還是樂此不疲跑上跑下，反覆衝刺，那鞋子踩進落葉堆裡傾軋的聲響，笑聲對照片刻之間，竟突顯得些許蕭涼。

當代文青考

我們何時開始用文青彼此稱謂？我們召喚之，演繹之，甚或操之如一句較裸露性器官更髒的髒話般相互問候，我們說，你這個文青。我們砌造想像中文青的國度並非遠得要命王國，而是就在轉角處的龍泉街，溫州街，永康街。我們指認那奔赴一場場不插電現場的少年男女，說，看哪，文青。我們曾試圖分辨文青的血親系譜，是美式嬉皮？是廢業青年？是英倫搖滾墮落的音牆？或是百無聊賴的五年級廢柴，啊那些伏案書寫，不分晝夜的詩人或小說家出版最新著作，污染這已如末日到臨的崩世光景……都是。也都不是。

叭叭！還說別人，你自己就是個文青！

才坐在咖啡館裡頭，正開始寫篇關於文青的稗官野史考呢，寫了一段寫不下去，給朋友看了，落得如此評價。喂喂怎麼可能，文青不是早就被當成髒話在操了，我怎麼可能是個文青？

又再細想，自己彷彿是，也不是。要考究文青由來自然得先從字面解，文青者，文藝青年也。要文，要藝，要青。首先注意那些掏出筆記本窸窸唰唰抄寫蠅頭小字的人，用的也不是楷書，恐怕更傾向如篆刻般圓胖方正字跡，錄記的盡是今天陽光晴好，午后場雨淋得滿身啊情人的午后肚腩在飽食後格外讓人感覺安心。又或者，讀京極夏彥《姑獲鳥之夏》，落地窗外樹影搖曳當真讓人有台北我城乃一魍魎之匣的錯覺……凡此種種，文青歌唱，文青彈吉他，更多時候他們只是在咖啡店寫點什麼恍惚的靈犀。

沒有人知道他們如何維生，文青甚至不像吉普賽人有算命的本領。當然，更沒有人知道這從外表看來男女界線模糊的族群，究竟如何繁殖，成為現在這樣偌大一個族群……

屁咧，你以為每個文青都是同性戀嗎？他們只是看起來很像好不好。

很像，就不是。這道理你懂不懂啊？朋友又有意見了。

突然網路上流行起轉錄篇列表，名曰「文青一百元素」之類，奇異的是，不約而同每個收錄文章人，都煞有介事逐條回覆，有的呢怕是興致一來，還給每條目皆加上註解。不外乎「煙管褲那麼窄我哪穿得下」、「我痛恨菸味」、「我近視很深不可能待在燈光昏暗的咖啡館」之類抗辯辭術，但當然也不乏「村上春樹主角沒有名字系列的作品真的很好看」、「蘋果電腦本來就比PC好用」的肯定之語。總的來說，從沒看過哪個人可以完全符合那百條所述，但同樣地，也沒有誰回了那文章，還能從逐字逐項中全身而退。

結果呢？講這一大篇，你還是沒說什麼是文青。

結果，不知是哪個缺德鬼，把第一百條悄悄改成「文青都會轉錄這篇文章」。

……咖啡館的空氣都為之停頓的轉瞬一刻，又隨即爆發出震盪的空氣。鄰座的少年少女隨意翻著不知是《裝苑》或《流行通訊》之類日本雜誌，少女歪過頭來，瞪著明亮雙眸，肯定疑惑著這兩人對張寫滿字跡的回收紙，笑個什麼，可起勁呢！

欸，那隔壁桌究竟算不算文青？朋友湊過來，壓低嗓子問。

我才想，他們會不會認為，旁邊這兩個根本就是文青。

文青這辭兒呢，同文青一般讓人又愛又厭。人都知道，怎樣都不該把髒話掛在嘴邊的，可和朋友看完影展藝術片出來，明明感覺電影爛得要命，卻拐彎抹角著清談那不著邊際情節運鏡人物，怎麼不快決定今晚去吃什麼？那是些氣急敗壞的時刻，你這個文青！這話，就飆出口來了。文青是這樣成為一句髒話的。

是為考。

年獸來了

年味漸漸淡了。總是不乏人們盛傳著這樣的說法，張燈結綵的舊曆年，明明豔紅得比任何時候都風光，卻怎麼說年味淡了呢？

何時開始對鞭炮火柴失去興致，飛速向前的時間，催促年獸又將到臨這喧鬧的城。

相傳中國古時候，有種名喚「年」的怪獸，利牙尖角，兇猛異常，青面獠牙的猛惡樣貌，長年居住在海洋深處只有過年除夕才回到人間，吞食牲畜與居民。於是過年期間，村寨人們扶老攜幼逃往深山，躲避「年」的傷害。後來有個神祕老人，向村民透露「年」最怕是紅色和爆竹的聲響，於是人們就在家戶門口貼上紅色春聯，寫些吉祥話，又燃放鞭炮煙火驅趕「年」獸。

唉，少年會這麼想——已經二十一世紀了，誰還信這怪力亂神呢？

記憶裡的新年是過得越發務實，年復一年紅包分量更厚重了，卻更感覺放了六天的春節假期，長得彷彿過不完。反覆的話題串過一扇又一扇的門，誰在哪裡工作了，誰病了，誰安妥了，誰去到大陸好像近期也沒打算真的回來，大嬸婆啊這是我兒子他最近碩士畢業，唉呀都長這麼大了，嬸婆祖妳好。你好。點過頭，換過下一扇門窗，說著說著又有些膩煩。所以年味淡了，可能是這樣。

但又可能少年期待的新年，總是比紅包多一些，比家族偉岸一些。

後來倒是慢慢明白了「年」的凶惡之不可抵禦，其實在於牠就是時間的隱喻。

人們總是在新年許過願望，誰要減重十公斤，誰立志要升官，誰打算考上第一志願的某校系。但是啊但是，願望多了，生活繁雜了，許下的新年新希望可能比三百六十五個日落日出還要多，其中能完成的，卻比家族離散之後面面相覷圍爐的四、五個人頭還要少。

於是必須要有個特別的時刻，提點人們回過頭來審視，一年前是多麼不自量力地在一年之初發下豪語，又是多麼慵懶地放任時間飄搖著過去。那就是「年」。牠吞食的既非五穀牲畜，也非村里人群，而是百無聊賴的瑣碎時間。

人們所以害怕「年」之將至，正是因為任何的一事無成，都將在這日子裡給攤開來在「年」牠血紅的齒牙底下給嚼食，給消化。時間這麼過去，年味確實是淡了，超市百貨量販店卻越發如火如荼張開它們的燈火和綵結，瘋狂與秩序，破壞與新生——終於城市文明已經擴張、溢散到連最原初的時間，都以某種特定物質形式給確立了？

放過的爆竹究竟是何時變得靜默，更多的水鴛鴦並排列著在黝黑深暗的抽屜裡，也都已潮出黴斑來。舊曆新年，那無刻不在氣味淡了的是人味，還是年味，少年總是想不起來。

彷彿世界上並沒有什麼事情是不會改變的。又是年獸將來的時刻，生活漸被鎮日鎮夜的稿件與書籍給填滿，新年長假與日常的邊界也正逐漸模糊。如此一年過去，電視裡嗚呀嗚呀轉播著大稻埕、迪化街的年貨大街還是人滿為患，捷運站間穿梭永遠卡不到位的年貨專車，量販店明亮的天頂全時間迴盪著俗爛的賀歲音樂。

什麼東西正傾頹，又有什麼新的正在生成。新年期間台北浸著淋漓的雨，有那麼片刻，少年隨著其餘的眾多肩膀到達馬路對面的店舖，竟會想，新年其實不過是偉岸的「什麼」之縮小。

就讓「年」吞食我吧。

小收藏誌

每個家庭裡，至少會有一個小收藏家。他們的祕密基地，可能在房間書櫃上方那唯一有門的塑料櫃子，可能在床架底下那漆黑的角落，在書桌後方原本裝著電腦的大紙箱，可能是系統櫃裡那最不為人注意的邊角，是床頭櫃深處特意捲收在羽毛被底下的量販店塑膠袋，是五斗櫃抽屜後頭，那僅有孩子手腕粗細可以探入的夾層……

有時候藏著考壞了的成績單（咦我明明有拿回來放在餐桌上你們沒有看到嗎一定是淹沒在廣告傳單與水電費用信用卡帳單那疊裡面你們再找找看），老師用紅筆寫上做了什麼淘氣事的聯絡簿（遂大言不慚謊稱在掃除時間和同學打鬧沾到污水於是順手丟掉了），因為彈了許多許多次卻彈不好而再也不想練的鋼琴譜（大剌剌佯稱我上禮拜上課有帶去嘛怎麼不見了為什麼會找不到），小收藏家們豢養著一個又一個散落在屋子各處的迷你黑洞，將所有不想看到不想碰觸不想談論的物件，一律送往時空扭曲的亞空間（這裡是企業號回報月球基地確認目標已經消滅，重複，重複，確認目標已經消滅），再不必面對不必張揚不必處理，看不到的，就等於不存在。

但更多時候，小收藏家們收納的種種奇幻嗜好與夢想，泰半與現實無關。無關於月考成績，無關於才藝班與來自導師的告發，無關於父母之允可，或不允可，他們只是收藏。

小收藏家們的貨源千奇百怪，早自習時間到達學校，窗台上或門邊總會神祕兮兮疊著一落郵購型錄，翻開是各種塗鴉花卉風景與素色香水信紙（通常寫著勿忘我或百事可樂等等將來會被小收藏家們用各色原子筆塗寫在畢業紀念冊上的字樣），印著卡通人物（男孩們通常喜歡七龍珠或神龍之謎而女孩兒們趨之若鶩強要母親們在自己頭上梳起包包頭仿效美少女戰士）或演藝名人（林志穎啊小虎隊啊甚至香港四大天王那時候都還年輕而周慧敏的名言是盡在不言中她大紅大粉的妝容旁邊印有愛心）的小卡片，彩色香氛蠟燭，可愛貓咪信箋組，塑膠收納盒，郵票貼紙，香氣豆豆軟木塞瓶裝，在劃撥單摺頁必然有這樣一行小字：全班一齊訂購滿伍佰元再送一組小卡編號任選。於是小收藏家們在課堂中祕密傳遞著型錄與劃撥單，歪七扭八的字體滿滿擠在狹窄的紙張空間裡，有人跳出來說，欸，你們要另外寫一張紙誰買了什麼啦！那人通常也就是過兩天負責收齊貨款（當然是小收藏家們同父母每天伸手索討的那五十元裡頭省下的麵包牛奶三十元早餐錢）爬上郵局櫃檯說阿姨我要劃撥這裡總共是七百三十八元（掏出塑膠袋裝滿五元十元甚至一元硬幣匡啷啷灑滿整個檯面），最後歡天喜地在贈品那欄填上自己最想要的那組小卡編號的人。

小收藏家們在班上分發戰利品，老師會皺起眉頭說，噯怎麼浪費錢買這些。

厚！老師你看這很可愛耶你不懂啦！

偷偷摸摸，裝滿了的膠套小卡收集冊藏在書包夾層，神不知鬼不覺偷渡回家，探清爸媽在客廳看電視的螢光聲響哇啦啦作為掩護，迅速拉出床架底下的紙箱或攀上櫥櫃最高處打開櫃子門將這些那些物事疊放整齊……小收藏家為了防止老媽翻撿，特意將某次校外教學自扇平森林拾回的蛇蛻，拿棉繩綁了掛在櫥櫃門上。

那麼噁心的東西你掛在房間裡幹嘛啊？

就是蛇皮啊！媽這是大、自、然、之、美、很可愛耶你不懂啦——

只有小卡是不夠的。甚至搬動哥哥姊姊的收藏，整套漫畫兩三本的連番帶去學校和其他小收藏家炫耀，喂喂這本要先給他看，什麼啊明明我們交情比較好耶，哪有，我現在和他比較要好，不行嗎？一口氣嚥不下去，待得暑假燄燄的熱天裡小收藏家暗自決定開學以後要給他們好看，母親前腳才出門上暑期輔導課去，小收藏家後腳跟著溜出門，穿過寬闊的中華民生路口，穿過中山體育場（和扶輪公園劃歸在同一個街區裡途經兒童遊樂區的彈簧馬和卵石健康步道小收藏家還會欣喜地跑前跑後玩他個十來分鐘樂此不疲）熱烈的港都陽光，到達大統百貨七樓邊側的圖書部門，蹲在漫畫櫃前慢條斯理地挑起書本來了。心想那個誰誰誰上次帶過《天子傳奇》（香港漫畫裡頭連歷史都成為一個架空的舞台讓封神演義的人物在其中操練各種玄之又玄的武功，不，特技招式，幾乎天地崩壞而周朝姬家就在其中創建而生），帶過《神龍之謎》（班上的男孩子總是將掃帚拖把當作魔杖揮舞著釋放火焰魔法或凍氣魔法把掃除時間變成一場龍族魔族與人類的偉大戰爭），還有那個誰誰誰是不是提過他很想看《機動戰士》、《SD武者風雲錄》……

就這樣小收藏家在每一次省下的零食與正規餐飯之間，逐漸累積起他祕密基地裡的臉譜與情節，並持續在學校交換收藏與幻想。這節課收妖童子還在與大天狗鏖戰數百回合，下節課變成浦飯幽助從靈界回到人間釋放靈丸轟殺各方妖魔，《鹹蛋超人超鬥士激傳》裡頭，原本最不受小收藏家們喜愛的兩隻角光太郎後來竟然成為傳說中的超鬥士（啊畢竟少年漫畫的情節如此勵志當父母問起你最近看了什麼書竟然還能說出一番不大不小的道理來），如此理直氣壯，如此想當然耳，誰能掌握最多收藏的品項花樣，誰就能成為班上說話最大聲的那人（什麼全班第一名嘛我看他平常就只會念書根本沒什麼了不起的，無聊死了他）呵。

收藏的系譜，卻在小收藏家自己未曾覺察的時刻，悄悄壯大了起來。倘在課後趁得母親下班通車的時間差，四點半五點間的卡通時段可是小收藏家的心靈雞湯，鬥球兒彈平才剛跳躍高空中投出一記必殺火焰球（不論男孩女孩體育課都吵著要上躲避球整群人追趕跑跳碰丟球一定要喊閃、電、球——而穩穩接殺那人不免露出『閃電球也不過如此而已』的得意表情），噢不，聽見鑰匙探進鎖孔咔答聲響，趕緊收工關了電視跑跳進了房，假裝看書寫作業模樣。

你剛有看卡通吧？最怕母親這樣問。

沒、沒有啊。

那電視怎麼會是熱的？你不能騙我哦。

嚇！像極了孫猴子碰上西方如來，沒轍！不過路是人走出來的，小收藏家轉而開始向大人撒嬌大肆張揚，你看我月考有全班前三名耶。少來，你也不過考這麼一次而已，最重要的是維持。那如果連續兩次前三名你要買什麼給我（這些大人怎麼如此好哄中計了中計了）？於是接續著得到了裝甲巨神的模型（還附贈未來的歷史二十九世紀火星人類與地球人類大戰那出沒於斷崖峽谷與城市地底的巨型機械人大戰卡通錄影帶），《SD武者風雲錄》頑駄無模型（天啊那原本只活動在漫畫紙本平面的白龍大帝阿修羅王甚至頑駄無大將軍這天終於手執三神器光明正大站立於小收藏家的書櫃第一排），興致盎然去買了模型油彩組合閒來無事便蹲坐在房間中央細心給塑膠模型上起彩繪，母親探頭進來，撇撇嘴說，練琴都沒有這麼認真。

時間久了，櫥櫃門上懸掛那蛇蛻風化，七零八落的鱗片掉了一地。小收藏家雖然仍擔心母親會進來發現他幾年前就開始收藏的各種花巧物事，還是不忍地把蛇皮扔了。年節期間，感覺好像該將祕密基地稍事整理，從床底下拖出紙箱，挪下櫥櫃裡那堆疊齊整的漫畫卡冊模型盒子，把五斗櫃抽屜整個兒的拆卸下來，發現原先好端端藏在底下的信紙信封用都沒用，倒是給櫥櫃抽屜磨拖多時，塞得縐縐爛爛的，不能用了。要丟不丟，想來是有些心疼，拿了個垃圾袋來，還是全丟了吧（怎麼會花錢買這些東西啊雖然看起來是滿可愛的但我那時候在想什麼呢真是不懂）。

輾轉幾年，全家在城市之間又搬移遷徙了幾次，小收藏家逐漸長大，該扔的，沒用的，隨著一次次清理與盤整，童年的回憶是益發淡了（那時候帶《天子傳奇》來讓人傳閱的同學叫什麼名字他媽媽好像是學校老師吧我想不太起來了），父母連房間都不太踏進來，更不再同孩子諜對諜地檢查房內物事。這時的小收藏家感覺自己失去了將各種小物雜什妥貼收藏的動力，除了在手機裡留下某些簡訊，也還是在房裡不起眼處給自己留了個祕密基地，留著國中收到的情書，寫給別人的情書草稿，寫了兩段寫不下去的……彷彿一旦擔心丟失了這些，曾經存在過的青春在多年以後，會連自己都想不起來。遂作此文，是為誌。

Cyborg I：生化人的誕生

舉目所及，這城裡多的是半人半械的生化人。電子光屏在幽闃的夜裡放射燦亮的星光，或砷化鎵晶片以某種高頻不可測知的振盪，激越地遞送絕無聲息的電磁波，並在另一具生化人的掌心反轉譯碼，登錄在螢幕上了，「為什麼不回電話給我呢？」一煢煢的燈火，照得生化人都感覺些許心慌。按下刪除鍵好嗎，您的簡訊匣尚有。二十六封。的空間。寂寞的生化人想這已是時候擴充容量，連接硬碟立刻備份了，在那裡彷彿可以容得下另一個人，容下他們所說每一句話。

哪怕當真能錄記所有話語，總還會有收訊比較不良的角落。

生化人之所以為生化人，是耳朵連結揚聲器，雙唇連結麥克風，手指連結鍵盤而非在腳底心突然發癢的時刻當著整公車的人們脫了鞋便去撓它。當然不。生化人們四通八達兩顆腦袋的視神經照看許多螢幕，為著幾個箭頭起伏跌宕保持絕對的警醒，交辦委買委賣再是下一個視窗，遠端連線另一頭從雲端傳來指令，8032最近動作頻頻煩請列管。好的，好的。

生化人早已經進化得太遠太急，所謂自己的小宇宙云云，都可能是幾個世代以前的天寶遺事。生化人是絕不獨自生存的一群，城市裡依循軌道運作的星群，好像甫誕生便將自身擲入那浩瀚銀河，不由自主地旋轉。旋轉，重力或者路由器的鍵結之處成為最重要的定律核心，輸入語音信箱號碼，您有。1。則新留言，「嗨，因為你不再接聽我的電話因此我想我也沒必要再撥給你了。我得要登出了，我想這次我真的會死呵。我現在是在……沙沙劈哩……希望你來得及找到我。」訊息已結束。要重聽請按。1。刪除，請按。2。儲存訊息，請按。7。

事實上生化人從來不曾前往任何地方，尋找任何人。內建GPS導航系統從來不曾告訴他們身在何方，生化人的意思是，成為這系統的一部分但無庸置疑。答案總是如此簡單可以得到的果實，以至於漸漸地，生化人不再分辨城市的風景。偶爾的偶爾打開電子地圖想找到自己，輸入了地址也只看見那肥而短的紅色標籤，孤獨站在行星表面某處，立著它僅有的單腳，似有若無旋轉著。

您現在的位置是在……沙沙劈哩。

收訊很差呢。是啊。就是，先關機吧，一會兒聊。

每張臉幾乎都已經和螢幕合為一體，移動的路途上生化人把自己縮得很小，好像，小得可以收進掌心裡頭去。頭頂浮現出一則則虛擬的對話框，讀著各自的心懷鬼胎與若有所思，或其實不，可能也沒有什麼差別。

險些心臟病發那崩盤的早晨，幸虧裝有葉克膜，心跳的節律，彷彿宇宙深處那暗紅色星雲中心，一顆衰頹的中子星對著無垠時空播放著沒人聽聞的脈衝。

是再也想不起來那通留言之後，生化人究竟按下了1。2。或者7。有誰能保證將記得對方說過的每一句話呢？城市可能記得，每個生化人前往的方向，當他們再次途經每一道閘口，交流道，保安檢驗門，RFID深深埋藏身體，與交會的電波磁力線穿行出微弱的回饋電流。所有步伐都被註記了，但並非所有眼淚將被抹去。

您即將前往的目的地是……等等，那麼關於被雜訊掩蓋的他的去向？……很抱歉，您欲調閱的資料已經超出期限，請選取一筆較新的資料。

來不及。已經來不及了。

CyborgⅡ：生活在他方

生化人令自己進化。眼耳鼻舌都裝妥數位接收器。他們巴不得就在太陽穴上開個孔洞，接上以太網路，隨時更換Podcast播放清單填補所有通勤、守候，或只是該睡而不睡的空白時光。

生化人甚至不需要上電影院了，接上網路線他們就是自己小小的黑暗房間。他們哼唱，並不時記誦那些最火紅的影音片段作為談資，漸漸地，最受人喜愛的咖啡店，不再是供應最美味咖啡的鋪子，而是在座位旁拉著網路延長線，給生化人連上網絡的節點。

於是，不再有人是寂寞的了。生化人會這麼想，每個人都有許多的姓名開張在一座座社交網站，好比一座座擘建在光線電力交錯之處的城。

每個人都有許多的朋友，擺設生化人檔案裡邊的小小頭像，點進去就是另一個人的房間。於是非常簡單可以知道，噢她上班了，他下班了。他早上吃了三明治，與主管爭吵了並且思索離職的可能。他感覺今天是陽光明媚午后，她說，你還沒去過赤郡，我也是。生化人也是一樣熱切地與每一個認識與不認識的聽眾，拋灑著生命的碎屑，存活的渣滓。每天都花上一些時間反覆確認誰去哪裡上班了，誰有了個兩歲的女兒，誰搞過家教學生，誰得憂鬱症了，誰當了精神科醫生。然後誰要結婚了，誰最近過得不好，誰戀愛了，又分手了。

生命的源頭，不再只是一堆石頭、性愛，與死亡。生命，成為數據的規則與其傾覆，指令與偶發的程式錯誤。生化人激切地遊盪在一個個神祕的房間，感覺每個人都為她他它牠祂所敞開。

您的連線已經過期……請重新輸入帳號與密碼。

城裡，偶然會飄來烏雲與雷雨。生化人站在那僅是稍有遮蔭的屋簷下，看著雲端。天啊雲端，那簡直就是一句詩般的隱喻，生化人把所有記憶與照片，具象與抽象，說詞與詭辯，全都上傳存放到遠颺的伺服器裡。

在那裡，每個人都有許多的朋友，你的第二個人生。或者更多，所有笑容都是真實的，微光裡的自言自語，像要分享一個誠心的祕密，但打字瞬間又想要有諸多保留。連這一份保留都是真的，生化人發佈了新訊息，新動態，又再將它們刪除。設定為：只有您的朋友A、B，或C可以觀看。可誰才是我真正的朋友？

後來，生化人進化到憑著掌心那吋方窄小螢幕，就能通往全世界。只是某廠牌的掌中連接器，還不支援某多媒體互動語法功能。城市裡引領風潮的醫學美容診所，順勢推出了最新療程，無線網通晶片植入顳葉給您最即時、最震撼的聯網經驗！該網頁目前無法存取請稍後再試。程式發生問題，我們正在解決中……我們很抱歉。我們將儘快解決。

然而放眼望去，那明明是沒有任何人的房間。一座語彙的廢墟。自言自語的小人兒在畫面上反覆鞠躬並只是一句話的來去，我們。很。抱歉。

我們……很……抱歉。瘋的是世界還是我們？

值得慶幸的是，當「我們」成為生化人世界唯一的人稱，肯定就不再有人感到寂寞。當然生化人會這樣想。發佈完最後一條訊息說晚安，那些安裝妥定的自動回應程式，我們認識的不認識的女僕、推推星、執事與管家都前來與我們道別。

我們感覺滿意。非常滿意。遂撳熄了每張在黑暗裡散發螢光鬼火的屏幕，並再次寬衣準備去睡。

CyborgⅢ：連線中止

生化人彷彿無需進食。他們行到何處，吃網路頻寬就像吃飯一樣自然，高鐵嗚咽通過的高架路上生化人繼續活在自己掌心，時刻盯視著中小尺寸螢幕後頭驅動IC的電流穿過0.11微米製程的電路，可見不可見的3G訊號充填穿射出去，切換著雅虎奇摩、亞馬遜，與估狗首頁連接世界另一頭，當乘務員推著便當經過走道生化人會想，一會兒就到了，還不用吃飯吧，以至於他們並未先察覺列車慢了下來，而是先抬起頭來好像整個車廂全約定好似地，幹，訊號斷線了。

不是說好高鐵全線3G不斷線嗎？高鐵公司出來面對！

如果是平常，手機訊號斷線恐怕生化人會立馬換到平板電腦、筆電、或者桌機繼續上網輸入關鍵字查詢「智慧型手機為何顯示訊號終止」之類，但這會兒，卡在半空中的列車，真是斷線了。島嶼另一端，搭載著電訊信號的光波穿過了光纖網絡，顯示在另一台螢幕上跳出小行的字樣，地震！島嶼中央那人說。

是嗎？才說著呢，高雄還沒有感受到地震。啊，是地震啊高雄這裡搖起來了……

是啊台中這裡搖得好厲害我想我是不是應該先切斷電源……

列車裡面面相覷的生化人，這時才稍微感受到地震。於是謎題得到了解答，在地震中心的感測系統測定出地震等級達到緊急避難標準，驅動全線列車暫停營運，而可能由於網絡路由器亦同步斷電導致了訊號終止。

於是生化人們彷彿從自己的世界登出了，重新開啟一段對話。是地震呢。還滿搖的。不知道列車要停多久。

唉，說不定開會要遲到了。別擔心啦很快就會恢復的。但真的挺搖的啊，且因為天然不可抗力因素導致的停開高鐵公司也不負責。唉。

由於具破壞力的地震波透過地殼傳送秒速約三至五公里，而光纖傳輸信號的秒速大約是二十公里，如果地震中心點的生化人以十秒鐘反應切換視窗，並在3至5秒內輸入「地震！」並按下送出，意味著不到百公里以外的生化人，將會在地震波到達前先一步收到地震的消息……但通常生化人第一時間反應並非避難，而是回「真的嗎」「有嗎」「啊是地震……」畢竟誰先感受到了地震，或者地震的消息先一步來到了網絡的彼端，彷彿真實虛擬的邊界不再重要。

總之，孤立無援一群生化人們卡在列車上，其中幾個聊起了你要去哪兒，噢老婆這幾天預產期啊真是恭喜恭喜。噯呀，請了幾天假囉。旁的人又接話說，趁孩子年紀小多陪著他們點，看我家那幾個開始上班了，還買了支智慧型手機給我說是可以殺殺時間。可是啊可是，看著螢幕，和看著人說話，總之是不一樣的。

多久沒有這麼肉感的話題了呢？可能會有其中一個生化人，這樣想。

非常有可能，是上個世紀末的事情了吧。

網路斷線或連線不穩定有以下常見原因：網路卡故障、網路線連接不妥、驅動程式安裝不完全、網路開關或路由器故障、設定錯誤、中毒、蠕蟲、木馬……或某些案例裡肇因於不常見的原因：地震時未及時切斷總電源導致瓦斯漏氣被斷落的電線火花引發氣爆整間公寓毀損而生化人和電腦當然都不在了……

唉。真是，不一樣了。

列車再次運行，生化人們方從一筆迴異於以往的對話裡退出來，再次確認網路連線已恢復，並安靜撤回自己的堡壘，等候著延誤到站時刻。至於另一個生化人，儘管覺察友人發完地震訊息後再沒上線，但要從新聞頁面上得知他已從此間登出到不知是更虛擬、或者更真實的世界，則又是更晚，更晚的事情了。

鏗鏘玫瑰

棕髮女子坐在第三排，對發表人表述意見與問題。我在她後頭，只詫異到研討會第二天中午過後，幾乎已經習慣這群老美連珠炮似的說話速度，而她講話字正腔圓一字一句，聽得格外清晰。像是英語口說教學錄音帶。抑揚頓挫，所有音節分得清潔，俐落，說是的時候尾音有一秒長，說不，也有一秒。棕髮女子側臉的表情與她棗紅眼鏡，說話時候口唇開闔將每個發音都發足了，她說話語氣冷澈，您好，我非常享受您這篇文章。對於文章裡頭的一些特定段落，是否可以請您再詳加說明，我將非常感激。

猜測棕髮女子三十過半，或許四十有餘，話術清朗一個人。又或許在點心吧檯邊她喝著咖啡，非常有禮貌同人們說，嗨你好。客氣，但帶點距離。

身穿紫色毛衣棕髮女子，她犀利問題。

議程最後一日，她站上講台。按開麥克風，字字句句，說，我兒子，十歲，是個自閉兒。她說，我一直在想，十年下來從其他家長那兒得到這麼多珍貴的經驗，我一直在想，該如何多為他們做些什麼。或者說，為我自己，為我先生，做點什麼。

棕髮的母親侃侃而談，她說話速度不特別快，也不特別慢。談阿拉斯加的比爾，談堪薩斯的克里斯多福，談華盛頓的約翰。還有其他的父親。談一個父親，結婚前想著以後要帶兒子打橄欖球，釣魚，打獵。然而孩子三歲了，會使用的詞句還是很少，很少。孩子五歲，對他的說話往常以尖叫作為回答。孩子七歲……

她說，挫折的父親們，形容憔悴。她說，有一個父親後來想，別的父親帶他們的兒子打球，開車，別的父親慶祝孩子的生日，慶祝聖誕節，他們家裡為了孩子多學會十個單字而慶祝。而那有什麼不可以的？一個個故事，關於永遠也不可能成為父親那樣男子的男孩們，與他們的父親。那樣的男孩，如何改變了他們的父親。好比，平常的父親會為兒子夜歸暴怒，而自閉兒的父親生的卻是自己的氣。一個尋得機會就往外跑，到隔壁鎮上去才找回來的漫遊者，父親氣結，自己為何沒能注意到溜出去的兒子？

也想過要放棄不是嗎？她說，當然，包括我自己都想過，要放棄。灰心。喪志。

但父親們說，身為男人，就該留下來。

棕髮女子說話堅定，睜大眼睛好像是在說著，她自己。她說，女性主義論述開拓了女人角色，好比我們可以從書本典籍中，找到女性對於家中變異如何協商的法門，但男人呢？這些自閉兒的父親們，彷彿孤獨地作戰著。他們可能有妻子的支持，然而有些卻離婚了，這時候該怎麼辦，有人教導他們如何成為一個，這樣的父親嗎？比如說，南卡羅萊納的艾瑞克，一度選擇酗酒，逃避，這難道不是美國社會典型父親的形象。比如說紐澤西的班傑明，在孩子八歲之前想盡辦法出差，工作，賺的錢全送回家去，但他自己是說什麼也不願意回去的。這些孤獨的父親們，從沒有人告訴他們，該怎麼做。

語氣開始上揚的時候，她說，自閉兒像是一個遮罩。將父母籠罩在裡頭，將世界隔絕在外頭。走進公共空間，孩子的尖叫可能引來人們側目，但那難道是父母的錯嗎？生下自閉兒是他們的錯嗎？不只一次，賣場警衛走過來說，不好意思，先生女士，您若不能管教您的孩子，我們很遺憾必須請您離開。歧視無所不在，然而自閉兒父母會將孩子丟在家裡，比如說在鐵門加上四個鎖頭防止孩子自行外出，比如說……孩子們從來不知道什麼是公共空間，什麼是私人空間。那模糊的界線啊，也表示著，父母們出門的機會變得越來越少，只因不知道何時孩子會大叫，奔跑，會衝撞他人。並在跌倒時拒絕一切的援助。

她也是一個孤獨的母親，在與她以前所不知道的東西，在戰鬥著。

離開研討會那天早晨，在旅館餐廳再次遇見她。我說，嗨早安。她瞪大眼睛，說，嗨。早安。一秒鐘長。她說，你也是發表人嗎？我說，是，但和妳分在不同的論壇。她說噢，真是可惜。我說那有什麼，但昨天我很享受妳的論文，特別是妳知道，英文不是我的母語，妳講話方式讓我聽得格外清晰。

我以前講話並不是這樣的。她說。我以前是個急性子。

棕色頭髮的母親說，然而孩子改變了我，改變了我的丈夫。當你必須拿著字卡重複十五次而孩子尚且不能專注的時候……

講話就自然地變慢了。如此而已。

週末夜狂熱

少年仔，穿得很趴喔。要去跳舞？前座的運將想是嗅聞乘客香水噴發的隱然花氣，這麼問。我不置可否嗯哼一聲，心裡想的卻是干卿底事？不料運將自顧自往下接，啊反正是星期五嘛連猴子都去跳舞了，你們年輕人在家怎麼可能待得住，想我當年呵……是了，兒時傳誦的順口溜，星期五，猴子去跳舞。

那會兒都還沒有週休二日呢，也從來沒有人問為何猴子不用上學不用工作，只有星期四要考試，成天穿新衣去爬山甚至逛斗六。後來的週末突然提前在週五來臨，猴子去跳舞了，當然我也是。每個星期困窘的常規循環，到最後養成了週末齊聲前往成為那花枝招展叢簇人群的習慣，卸下日常換上非常的妝。

我們不可能販賣時間，但城市裡有人販賣著夜晚。

讓我們齊在舞池裡把剩下的人格跳盡。

總是期待杯觥交錯令人暈眩的場景，這裡不會有南瓜也沒有馬車，沒有老鼠當然更沒有騎士。玻璃鞋被王子撿到的是童話裡騙人的玩意，十二點的大限也從未流行，只因一個美好的週末夜晚總是十二點方才開始。我常想，台北我城五光十色諸般選擇不過如此，可能為的是週末出街去沾染些鬧熱的人間氣息，可能單純不想待在家對著HBO爆米花。等待一通邀約電話的救贖，或乾脆自己約了朋黨，拯救眾生於百無聊賴的地獄。

約定了十二點某店門口見吧，穿上最潮衣服攬鏡自照相當滿意，跳上計程車揚長而去，往那地底的城國。

人們對舞廳總有許多的傳說，好比女孩千萬不要喝陌生男子遞來的酒水，好比那些即將破柙而出的性的野獸們，在包廂裡傳遞著大麻菸一個個眼神迷茫，再好比操美式中文發音從來沒有標準過的假ABC、假嘻哈、假潮男，求的不過是殺一炮青春美女看他們講話時色情淫靡的眼神……同時人們又對舞廳懷抱更多的夢想，年輕的銀行家微笑著問，我們是否再開一瓶香檳？無論是灰姑娘或者正牌的公主，可能都比不上那酒漿瓊汁冒泡的誘惑。

我想麻雀每到週末便想著如何飛上枝頭做鳳凰，燕雀何以不能懷抱鴻鵠之志？可惜了青蛙就算穿得體面也仍然不是王子，明明三十分鐘前邊洗碗邊上髮捲的灰姑娘，化上迷濛煙燻妝就以為自己變身月光仙子白雪公主了。

有沒有比毒蘋果更甜美的東西？跳一支舞吧，首先讓我們把週間疲累的妝容褪去，仰首飲畢香檳杯中最後幾滴變身藥水。高高在上的唱盤騎師是巫覡是神棍，召喚人群每每來到他跟前頂禮膜拜，滿室的聲音光線彷彿在說，進來吧，這兒也充滿了神明。

小美人魚的故事誰都看過，拿嗓音交換化為人形短短幾個晝夜。夜的魔魅也是，當我們渴望一個美好的週末夜晚，誰都知道換來的是什麼，儘是挪用了星期六堂皇的白晝，整身子的疲勞痠疼總不免想，我下次再也不要喝酒了。但我們還是喝，日常和非常在夜裡交界並相互滲透，偶一為之的，在城市靜謐的心臟裡面我們喝酒，宛若一場永無休止的飲宴我們喝下寂寞，影子，還有夢，我們喝下遺忘。

在每一個相同的週末，在下一個相同的週末。

賤人鄙事錄

少年少女披上便利商店的日式小背心，或穿起速食店色澤豔麗T恤戴上棒球帽，您好歡迎光臨，請問決定好需要什麼了嗎？加什麼油請問有沒有會員卡？或只是端端盤子當外場的，光是把菜單背得滾瓜爛熟，有的店家服務外國佬金髮碧眼的英文對話，哈囉哈囉，美唉嘿嗆噗you？硬著頭皮上了的菜英文毫不遮掩不害羞，念書都沒這麼認真！

子曰，吾少也賤，故多能鄙事。

猶記得第一份工作，國中甫畢業接到的補習班主任電話，想來打工嗎？還真簡單的工作，講電話攬客，試聽那些口若懸河舌粲蓮花的補習教師，整晚的笑話和數學公式混成一氣。坐在隔間裡撥電話的少年，厭倦了話術都是相同的開頭類似的結尾還得忍受被對方狠掛電話，我們家小孩不、需、要、補、習！好快學會偷懶，就打給自己朋友聊聊天，窮極無聊的很沒所謂。過沒多久，主任拎了通聯記錄，為什麼，你每次上班都會打這支電話，講半個小時以上呢？

吹著泡泡糖的少年想轉工，打聽的時候，朋友說我們店裡有人上打烊班，倒炸油的時候不小心在廚房裡滑倒了你知道，那鍋，可滾燙的啊……另一廂，壓低了聲音的像傳遞一個祕密，不要吃我們家的泡菜了進貨的時候，整袋像扔死屍垃圾一樣的摔在廚房裡……還有某連鎖咖啡店，冰櫃裡的糕點越是稱「好吃喔」越近保存期限……

聽了都讓人發抖，這城市危機四伏，沒有一處安全。還是找到工作，老鳥帶著新人做鮪魚醬。整罐的鮪魚擠了油，滿滿美乃滋擠進去的白花花看起來都是熱量，那不打緊，儘管戴了手套，要把雙手塞進料理盆裡攪拌軟軟爛爛的手感還是，挺恐怖的。你認命吧，這是新人專屬的活兒，稍有資歷沒人想做的。話說完，竟然還聳聳肩耶這人！

是覺得孔夫子那句話該換一換——子曰，吾少多能鄙事，故賤。

我做過很多份打工，才知道這世界真的很賤。

某個達官顯貴位居政府院長之職的大人物，在電視訪問上說，那些去打工、賤賣黃金時光的大學生笨死了！於是乎，幾個小時幾個小時販賣著課後閒暇的少年少女，前此不久還拿了新刷的存摺喜孜孜，後一秒鐘盯著電視像那人直指自己鼻子，忽然感覺自己全身上下成了不折不扣的，賤貨。

苛扣薪水晚發薪水，賤！遲到五分鐘扣一小時薪水，賤！店長看不順眼整個禮拜只排給四個小時班，賤！電視上大人都在嚷嚷，萬物皆漲就是薪水沒漲。電影前都預告暑期小心打工陷阱，少年才感覺哪裡出了問題，上網一查，基本工資都已經九十五元了，七折八扣的八十元薪水領到時只剩六十元，為了掙口氣怎的，為了蒐證更加完備又再去找了第二份第三份工，連父母都再看不下去，問你是有那麼缺錢嗎？給你多些就是了。

氣鼓鼓的口吻頂回去，不、不是錢的問題！

大學校園裡中午那課才接近尾聲，台下窸窸窣窣收拾好背包仍一陣旋風般，捲出教室去。這次不是為了打工趕路，各方各路的雜牌軍隊集結了，當然更沒制服，只是胡亂綁了頭帶，拉開布條「打工勞動條件低劣／雇主違法奧步不斷／籲勞委會立即勞檢開罰！」

少年少女們頭一次的抗議當然並不支薪，拼湊出嘉年華般的吶喊與喧嘩，啊，敬我們賤賣的青春，敬這個賤貨的時代。

黃金葛

放眼望去辦公室裡，不約而同多少人齊在案頭養著黃金葛。也不知是喜歡它易生好養，即使忙得幾週不去看它，扦插水瓶裡的莖葉，也照樣蔓出不青不黃的鬚根；或者這天南星科的植栽，不知覺間已在枝節末端揉出一支葉鞘，翻開來的姿勢總牽帶水滴，正符了台灣人枝草點露的性格，盆裡立上竹筷，讓藤蔓攀升，綠過座位的隔間，綠過季節。

一開始栽種黃金葛的理由已經想不起來。人言，黃金葛水耕土栽皆宜，若植於水則表財，種於土則表福；黃金葛生命力旺盛，構築枝繁葉茂風景，喻活力充沛，有催財、助運、化煞之用……

又是暮春時節。日子這樣一天一天地過，經過了冬天的黃金葛葉子凋了又綠，晨間的雨水落完了便停，股市由黑翻紅再由紅轉黑，這一切與我有何關聯。桌子旁側放著早上帶出門的雨傘其實不曾被撐開來，陽光明麗的午間時光卻與它無涉了，一把傘會因此而感覺憂鬱嗎?通過了春分之後白晝更長，葉子綠過季節又將枯萎，黑夜越來越短，日子一天一天地過。

在案頭放上那小小水甕的時候，可能我懷有些期望。遷入那桌位，偷偷許下些心願與展望，如今幾多時間過去，該完成的似沒幾項真正完成，或完成了但不記得，如此也和未曾完成沒有多大差別。確實有些時刻，因其怪偉離奇，而難以具體說明，每日每夜與我共枕而眠的幻聽越發嚴重，停妥了車又像突有人在背後喊我，回頭之處盡是那早先給人斲斷了的榕樹又發了新芽，在漸次濘熱的氣溫裡同我招啊招，招呀招。

日常生活是這樣，許多雜事過去了，每天起床皆叮囑自己要努力、奮起、安靜，好比出門訪談前百般說服自己拿出等量的勇敢溫柔自信，但難。難在蔓性的植物攀長了日期，攀到了辦公室隔間的頂，卻不知是否終點了，隔絕了語氣與呼息，隔絕了光。

因黃金葛屬陰寒植物，攀爬的茂密葉間容易積垢土，反而招來是非，繁殖過速又易生糾結，無助於人際關係的梳理……其實我喜歡對植栽說點話，行程軋得挺滿的這些年月，說我彷彿卻不再認識這座城市，騷亂聲響四處，書翻了又翻，翻了又翻，寫了再刪去，說服自己拖著身子回到這裡，突然發現黃金葛發了新芽。

它原只有三葉不是？整個秋冬見它沒什麼動靜，不青不黃地，只在水底慢溫溫生著更多細白的根。玻璃甕子裡邊，每過一陣子是要給什麼染綠了的，不知是那些枯老的根細胞死了，將葉綠素釋入水中，還是甕裡自會有天外飛來的微渺植物，與我的黃金葛併同生了又生，生了，又生。

總之時序已是初夏，日常的傾軋已讓我不忍再想接下來要寫些什麼，黃金葛的株子突然活轉過來，生了芽發了葉，很快長成四葉而四葉會帶給我幸福嗎？也不過幾週前的事，新芽生成大葉展開來，最老那葉便在三兩日間枯黃萎敗，落了。原來植物從不是毫無動靜，只是等著適當氣溫光線，真要展揚起來，我一日不過三兩次注視，總是跟不上的。

向陽的窗台上，黃金葛似乎確定了方向屈伏而行。

那好些植根，則繼續在水底莽莽亂亂生著。

一月球迷

腦筋急轉彎：恐怖份子和足球迷，何者比較恐怖？

當然是足球迷囉，因為恐怖份子在世界盃期間，都去當足球迷了。

每隔四年，不怎麼踢足球的島國人民，會如召喚附魔般，同發起一個集體的大夢如痴如醉。他們可能現身在平常多是白種英國佬集聚的英式酒吧，邊嚼著炸魚排邊對著投影幕上的球隊品頭論足。可能是深夜的咖啡店，吧檯上一排原先埋首論文期末考的腦袋，一下子全抬起來了。可能在朋友賃居之處，打樓底拎上來鹹酥雞加熱滷味冰鎮酸梅湯與啤酒，沙發上坐臥橫陳一排。可能自己在家看電視又不甘寂寞，連上臉書噗浪BBS文字直播其實每個人都睜著熬夜血絲的眼睛盯看的那比賽。更有可能，只是某日轉開了電視，意外知曉週末那廣場上有大螢幕轉播，市長邀您一起瘋世足！想想反正是窮極無聊之城，走吧。

走嘛！

真正是群一個月的足球迷了。

最死硬派的球迷會嗤聲說，哼這些人。連歐洲有哪幾個主要聯賽都不知道吧，跟人家在那邊瘋什麼世界盃——當然是世界盃，不是世足賽。**FIFA**國際足總註冊有案的商標，稱世界盃肯定說的就是足球了，何必多此一舉說世界盃足球賽？不，專，業！

但不專業又何妨，**FIFA**的網站是.com可不是.org。四年四十八個月的等待，蓄勢待發的可不只是各個優勝候補豪門球隊，摩拳擦掌磨刀霍霍等著將金盃腳到擒來。無處不在的廣告商投入大把銀子，求的，還不就是分一杯羹嗎？君不見麥當勞也是四年一度推出超級無敵大麥克還送可口可樂曲線杯。漢堡王刮刮卡贊助商當然也是可口可樂。更別提島內轉播中場休息時，那反覆的五洲製藥吳董事長的製藥理念**Pinky Pinky Pinky**三種口味等等我的摩斯漢堡直火慢燒南洋雞腿堡……一個月球迷們都是先把這些廣告詞兒倒背如流，才終於搞懂究竟何謂越位陷阱，球員的位置是中場，不是中鋒！你以為你在打籃球嗎？嗶嗶裁判鳴哨，什麼什麼，為何突然要罰十二碼球？

一月球迷雖然不專業，好歹裡頭也是有比較力圖精進的人。耐心解釋，你看那個框線內，防守方在禁區內犯規就使得攻方獲得一次十二碼罰球的機會……那為什麼現在都看不到**PK**大戰？因為第一輪的小組賽是積分制，勝者得三分和局得一分，輸的人呢當然什麼屁蛋都得不到嘍。小組積分前二名可以晉級十六強，接著才是非得分出勝負不可的單淘汰賽……啊原來是這樣，那越位到底是怎樣一回事你可以告訴我嗎？

喂喂喂，這剛不是才說過了！人家講話你有沒有在聽！

總之，一個月球迷並不真正在意哪支隊伍正尋求連霸再次親吻金盃，也不太介意兩軍對戰陣形是四三三，是三四三，甚至五四一，他們並不介意北韓是否在禁區內佈下鐵桶陣安插得滴水不漏，倒是在巴西終於攻進第一球的瞬間歡呼出聲。是的，一個月球迷支持的泰半是比較強的隊伍，煞有介事地在咖啡館吧檯上引述前幾日才從球評處聽來的論調，比如說今年法國雖有實力，但隊內心結矛盾未解，總教練在幹什麼嘛你看都踢成這樣了還不把亨利換上來，白搭！又好比那幾場爆了冷門的比賽，西班牙輸瑞士，德國輸塞爾維亞吧，一個月球迷會如喪考妣逢人便說，幹，怎麼可能！彷彿他們心裡支持的球隊只能贏，不能輸。隨即穿鑿附會翻出這年春天，球王比利烏鴉嘴預言優勝候補隊伍的新聞，信誓旦旦說你看這老傢伙講出口的祝福都變成詛咒，果然哪幾隊第一輪第二輪旋即中箭落馬……

你看你看，西班牙輸球後那場德國的比賽，西班牙籍的裁判肯定是發洩情緒，幹！吹黑哨啦！叭叭叭叭，抗議司法不公！

整個月份，一個月球迷談話的內容縈繞的，總不脫道聽塗說街談巷議只差沒指著電視螢幕說你看這晃盪的魅影啊怪力亂神一番。瞎湊熱鬧嘛，南非傳統加油道具烏烏茲拉造型頗像嗩吶，吹整晚的背景音樂嗡嗡蜂鳴，窮嚷著我也好想弄一支來玩——某次去了廣場上看戶外轉播，想不到當真有人在背後吹起烏烏茲拉，嚇！根本就是烏茲衝鋒槍，吵得！原本還以為那玩意兒挺有趣，心想那些說要禁止球迷吹奏烏烏茲拉的人是大驚小怪，親身領受後，回家上網去立馬倒戈，連署我們堅決反對烏烏茲拉到底！

一個月球迷啊，總是心無定性。

世界盃開踢前，最認真的一個月球迷，會先登入FIFA網站查閱全體參賽隊伍的球員大頭照，預先在賽程表上標記各隊的帥哥球員，並準時收看每一場比賽。這是最單純的愛，不計球技球運，只要看到肉體橫流揮汗奔跑的場景，就讓一個月球迷們感覺幸福。列印出來的賽程表上密密麻麻標記著愛的密碼，日本5號8號21號，西班牙1號3號7號8號，德國7號10號13號16號，瑞士1號，義大利1號5號6號8號10號11號19號，巴西的10號其餘族繁不及備載。旁人湊過來指著蠅頭小字問，寫著什麼？

一個月球迷熱烈大喊，噢我的愛。

撇撇嘴，還真花心，誰都要。

可不是嗎？其中一人振臂宣告自己深愛卡卡與阿根廷的足球先生梅西，挺著胸膛向全體球迷告白，我是一個膚淺的，以皮相外表來支持球隊的女人！這斬釘截鐵毫無轉圜餘地的愛情從來就無關對錯，特別是他們的球技和外貌成正比的時候。又一個補充說明，但就算他們的球技沒有和外貌成正比，光憑外貌我也還是會愛他們——比如說，英格蘭！語畢，整間咖啡館就從英格蘭兩場比賽都只踢成和局的鬱悶氣氛裡解放開來，爆出歡快的、嘲弄的大笑。

卻總還是會有些煩惱的時刻，一個月球迷經歷過小組賽程的揀菜，挑菜，最後還是得歸納出，唉，究竟比較愛誰。比如說西班牙對瑞士，西班牙整隊裡長滿了拉丁漢子的鬍渣，而鬍渣不是男人的第二性器官嗎？電視畫面上看來就像是滿場奔跑的……你知道。但西班牙一個妙傳，挑過瑞士後衛頭頂而前鋒接球直入瑞士禁區……啊，一個月球迷突然臨陣退縮，該不該祈禱西班牙進球呢畢竟瑞士的門將是如此英挺帥氣，擋下西班牙射門一瞬間，也不知道自己爆出的喝采究竟是為了誰。

一個月球迷知道，待比賽進行到一翻兩瞪眼的單淘汰賽，苦惱哀愁的終極二選一時間終於會到來。那可比料理東西軍，踢滿場九十分鐘的瀟灑男人們最後會喜極而泣或者抱憾而歸，牽動著一個月球迷的柔軟心腸，這球，是該希望他進呢，或者不？

時間過去，又再來到了島國的深夜。下一場比賽即將開始，一個月球迷再次準時坐到電視前投影幕前咖啡店的吧檯上，備妥酒水零嘴當然也先飲盡杯咖啡繼續他們日夜顛倒的，愛的旅程。幾個時區外的地方，世界各處都在同聲歡慶著這四年一度最熱烈的時光，好比香港的消息說是押對了注，一場比賽就把前幾日輸的彩金給贏了回來，賠率忽高忽低的乘雲霄飛車，好比德國的友人連線說窗外零落的塞爾維亞人，洋洋得意地穿著他們紅色隊服在草地上喝啤酒，歡慶的同時無數德國帥哥只能在旁邊乾瞪眼拿足球踢樹洩憤……

又是罰十二碼球。一個月球迷彷彿聽見了半個世界屏息的靜默……

所以，你要當足球迷，還是當恐怖份子？

我們保證此地是安全的
但入園之後，請在此寄存您的手錶
以及其他會顯示時間的物品
並容我們提醒您
我們並不打算令您離去

輯五

零度出口象限

移徙之屋

搬過許多次家。幾次是追著我們可能並不怎麼清楚的什麼而去，幾次，則是從我們可能也不怎麼清楚的什麼當中逃開。

後來，我才成長到稍微能夠明白這一切。

在那之前，每次搬家，我總不免設想自己正穿越某個我無能想像的距離，遠遠迢迢到達新厝的所在。因為搬遷移徙，永遠代表著重新認識一個街區，便利商店的方向，公園的綠影，夕陽與天際線，鑰匙兒童就學的路徑。更不用說，從島南至島北，揮別的是海洋混雜工業區瀰漫又苦又鹹的陽光雨露風，學著習認的，是包覆城市那眾多的山脈神明，丘陵壓抑呼吸，與霧濛的冬季。

那段日子，我的身高與時間齊頭並進，每每在舊厝廚房門框上以鉛筆跡刻劃下新抽芽的高度，錄記某年某月，八十七公分，八十九公分，九十四公分；而又總在上下相差約莫二十公分高差時候，一家子夯啷著款妥了冰箱電視，往某個我們並不十分清楚的地方，摸索著，走了。

一路上，我窩身在轎車後座顛簸的姿勢裡，好像漸漸就懂得了，往返於公路兩側可疑的光影，究竟代表了什麼。一些成人的齟齬在前座交換著，又突然沈默的部分，如同我賭氣徹夜尖叫哭喊拒絕轉學拒絕新環境，拒絕他們伸來的掌心之後，終於疲憊不堪而給自己挖陷的黑洞。好像，就這樣漸漸懂得，拒絕不會造成任何改變，所有面對時間的抵抗，都將徒勞無功。就像我持續增長的身高一樣，在它完成之前，絕不會停止。

於是在幾次家庭遷徙的過程中，我開始執拗地反覆以發散怪味的膠帶封箱，拆箱，別類分門將關乎自己的各種細瑣祕密皆歸妥定位，卻又不得不在下回搬家時再次垛進箱子的那一切……許是跋涉城市四處，從各個百貨公司搜刮而來的限量版機器人模型，許是隔壁座位女孩拌嘴後塞過來的道歉信，許是每一張卡片信箋相紙與票根，彷彿我拒絕隨之改變的那外在的漩渦，將容許我退縮回到一口極小、極小的盒子裡，不被誰任意加註、編寫、錄記。

那幾口反覆封藏又開啟，開啟又封藏的箱子，是我的移徙之屋。像某種僅有我自己了解的咒語，魔術，甚至騙局，只是單純地期望著，曾與我貼身住居的時光不會那麼快就消逝，或甚至我堅信它們從來沒有煙滅吹散過，當我翻開箱子塵封的摺口，島南的海風就即將傾瀉而出浸滿這低窪的盆地……

只是想，或許我不能帶走社區的椰林與夕陽，但能擁有一角椰樹的枯片。

倘若如此，這屋子的片段，就能跟著我而踽步前行，而悠緩位移。

但當時的我並不明白，刻劃在門框上的身高，只是就停留在那裡了。曾站在那裡的男孩，已因為某些他無法觸及的真理，而意外地在那刻刻劃劃的瞬間，永遠地擁有他一百四十六公分的身高。他不再長大。於是，後來的更後來，當我長大到可以自己回去那島南的城市，記憶中高聳的樓廈彷彿矮了一些，而我也再找不到童年那每個黃昏我循著回家光敞明亮的路徑，好像它們偷偷縮小了點，偷偷地變暗了些。

某年大掃除，我從床底下拖出那幾口鞋盒，想再次撫摩我在那城裡生活過微渺的線索，赫然明白——其實並非那完美的記憶之城被時間、蟻黴，和陰溼所蛀蝕，是我天真以為自己停住了時間，而它僅是毫不寬諒地，持續將我推送到什麼我並不十分明白的地方。

男孩路花影

男孩路上，卡其色如大漠沙影奔騰的場景，能開出什麼花朵來？

新生訓練時男孩們穿著不合身的制服，躁躁的還不熟識。一陣兵荒馬亂當中選出來的班長從領書包課本的倉庫回來，雖說是工廠供應不及，班號後面些的班級要延後領取，卻偏要尖起嗓子煞有介事地講，各位同學，我們班的書包被小、貓、叼、走、了，所以要過幾天才拿得到噢。聽得整個班立馬安靜了下來，想這人怎麼了！真是。淨是男孩的男孩路，下了課，溺在整群往綠衣黑裙校園洶湧而去的人潮裡是感覺有點窒息，但視線瞄到戴交通隊頭盔拿執勤棍站在街口那人，鼻孔出氣賭咒也似，欸你看他，大腿夾那麼緊，又哼一聲說拜託，他不是我就不是。

旁邊人湊過來問，是什麼是什麼？

不是什麼！誰跟你說話了？閃躲開的話題，搞得旁人聽了也是瞎聽。

原本都想像男孩路高中是最陽剛的地方，哪知道學期進行到中間，就有些花朵在校園這裡那裡綻放。物理課拿出了筆記本準備抄寫，間隔在視線黑板中間突然莫名跑出來一叢紫色的什麼，定睛一看，嚇！竟是支筆頂頭裝飾著牡丹花大的羽毛，晃啊晃，招啊招。男孩路的花朵們爭奇鬥妍，心裡暗想怎麼能輸，上街去尋找更厲害的玩具，隔天上課拿出手機，串滿晶瑩剔透的珠珠，還有什麼，打開書包又嘩的一下在桌上擺了面鏡子，為的當然是看後面的體育股長，數學小考解不出題那皺眉嘟嘴，好看得很。

男孩同志們遲不承認自己是，或其實也不需要承認。

體育課整群心知肚明的自己人坐在籃球架下納涼，手裡拿著包了粉紅書套的課本，搧啊搧像鐵扇公主搧著繞那球跑的孫猴子，球技最好那人翻身，投籃，進！球架下就響起一片歡快的驚呼，誰說男孩路不能有啦啦隊的？

課後，一排搖擺妖嬈的男孩們來到西門町，去電動遊樂場這種事情是不幹的，大剌剌從男校女校牽手相倚的小情侶肩膀旁邊飄過去，說，唉，是異性戀——幽幽一口氣嘆完，不待陌生男女摸不著頭緒轉身，爆開來大剌剌的笑聲，四散跑開。過沒幾天，一齊在中華路巷裡訂做的制服褲子交件了，是男孩路的卡其色沒錯，卻是那時吹起的復古風，低腰緊身喇叭款式，比拚著的怎麼可能是功課優劣，是誰的褲腰低大腿繃得緊，嘿既然是訂做的當然要緊到幾乎不能蹲下，拿指甲摳整排縫線繃得快迸裂，否則花大把銀子，為了是哪樁？

你這個——騷貨！

那還用說。髮禁解除，有頭髮可以撥了，一甩，柔柔亮亮閃閃動人。

英語話劇比賽那天，男孩路的校園怎麼會有女演員？但光看每個班走出來拎起長裙往會場奔跑那些人，最後頒發最佳演員，十個人裡倒有八個演的是女主角。喂你們犯規吧，演的根本就是自己，哪來的演技？

男孩路的花影開在大漠風沙裡，風風火火度過三年，早先的男孩同志是已亭亭玉立，卻還是有些人花開遲晚。

進了大學，突然有人在MSN上丟來訊息想必是羞赧的語氣說，嗨，我想我也是……卻可惜許多青春的把戲是在男孩路上全演完了，從城市四處聚集而來的花朵們齊聲綻放，錯過的人，失掉的可不只是一個春天而已。

二八年華二二八

少年又再經過博物館前頭那白色石柱迴廊時，總會想起十六歲那時的跨年夜。

還穿著高中制服幾個人，受不得學長慫恿再三，儘管是城市裡傳言毒蛇猛獸出沒的夜行者公園，生澀的年紀準備好了行當探險去也。那時只知道自己和其他人有些不一樣，真正是怎麼個不同倒也還說不上來，走上了花園路徑的偏旁小道，早已幾個其他學校大男孩在那裡等候。跨年夜，城市瀰漫著節慶的氣氛，公園裡夜暗的光線彷彿也隨之動盪了起來。天藍色制服是肯尼，白色制服叫小翰，另一個白制服繡三條槓是阿宗。沒穿制服染了一頭金髮那人，邊抽著菸邊努嘴問，欸你們幾個建國的，有沒有花名？

花名？

幾個人面面相覷一陣，突有了靈感。從左到右分別是，雛菊，水仙，牡丹。

蛤，什麼？

成群成幫的少年們遂一炮而紅，十二金釵之名不脛而走。

十五十六十七歲，從建中校門搭公車去晶晶書庫，乘的是1號。當然不會是別的路線，在留言本上寫著我十六歲，想交男朋友，並留下B.B.CALL號碼。補習班下課後，或壓根兒便蹺了課的那些夜晚，前往新公園，噢那時當然已經叫做二二八，在妹子亭，花架下，總不免想會不會是因為上頭那些九重葛招了陰，才讓這群姊妹花枝招展尖聲調笑。但新公園，和前人傳說的都不一樣，光敞敞的，感覺沒什麼慾望沒什麼邪佞，自己到廁所裡當公廁玫瑰，站了二十分鐘什麼也沒有發生，也就離開。新公園可是那時從小說讀到警察會揮舞警棍前來，並讓眾家姊妹花容失色大喊，趕快教訓我——的新公園？感覺不像，從任何一個角度讀來，都不像。

新光大樓巍峨立在那裡，背對著它，兩腳岔開站著。並彎下腰去。

「你看你看，新光大樓在我屁股裡面。」

總是旁若無人的二八年華，也聽說某個聖誕節，誰獨自走入了三棵樹影的中間，和陌生男人說了話，就和他一齊回家。愛過了誰，哪個學校的誰又和誰分手了，妹子亭總是傳遞著那些青春的消息，在少年們的王國裡鶯啾燕笑，這日來了個新人便不免一眾夥著上前探聽長相談吐，揀菜去了的十六七八歲。

美麗少年都以為這世界安全，美好，隨意地坐到班上同學大腿上同他淫聲浪語，問他「你愛我嗎」並逼迫他說「我愛你」。但是在妹子亭，另一間男校的朋友說，某天中午他的書包被從三樓的教室丟下去，或被傾入食不完的廚餘。為的是他向隔壁班的大男孩告白。那封告白信，無情地流傳在青春期少男們無情的訕笑之間。

要一直到了後來，少年這一代的同志讀多了點書，才知道自己經歷過的遠遠比聽說過的來得少。從小說裡再次認識新公園，從論文中重讀原本散落在城市各處的酒吧舞廳三溫暖，柴可夫斯基，名駿，大番，GENESIS……彷彿隨著二十世紀的終結，少年們不曾參與的同陣連線，不曾吶喊的還我夜行權，那個風起雲湧的時代也便隨之過去了不再回來。

又過幾年，直到二二八公園北側拆除了圍牆，城中之城頓失了障蔽，才想這確實已不是十六歲那年的風景了。

在紅樓的光影底下

想想看這樣的城市……那些同性戀流竄之處，都是位於城市怎樣的邊角呢？

七〇年代，孤臣孽子行走新公園的荷花池畔，阿青老鼠小玉彼時不過十餘歲已嚐盡世間冷暖；八〇年代有肉身菩薩度化五年級眾生，當「六年級都已經出來混，」一說起三十啷噹歲竟「已經是很老、很老了」；到了九〇年代愛滋瀰漫城市，荒人彷彿與世界相互離棄，尋找色情烏托邦之路勢必危殆。新世紀伊始，搖頭花開，紫花凋落，然而，若往光亮處看，即使是朱天文筆下的荒人，也終於會體認肉身難得，為了頂住遺忘，書寫仍要繼續。

但殘酷現實世界裡，人人會老的警句揮之不去，卻是老T要搬家，如果中年男同志的居處是無偶之家往事之城，當青少年哪吒長大，飛揚跋扈體態豐美的年紀過去，早晨醒來是看見自己益發老了的男同志，驚愕鏡中那人怎老得再認不出來的男同志們，還是要回到只有自己的肉身戰場上頭。

黑幕籠罩的新公園，常德街，無人聞問的商業大樓地下室隱約透出震耳欲聾的電子音樂。廢棄的海水浴場，城市極北之處，那已人煙散盡的軍事碉堡是同性戀鍛鍊的樂園。西門町幾間老牌同性戀三溫暖，好不容易在門口掛出了彩虹旗幟，是那樣黝黑潮溼的二樓，三樓，四樓。

啊，一座異性戀的城市。

但入夜以後，西門町成都路與漢中街口，紅樓劇場巍巍立在西門派出所斜後方。一襲橙黃色的燈光，打著整幢磚紅色的古舊建築，透露歲月的痕跡。許多年來，不同的人群在這裡聚合、在這裡離散，在這裡走，停下。然後離開。想像劇場黑幕拉開闔上，復又拉開，想像台北我城流離身世的縮影。

紅樓側翼，人群斜斜地往廣場雙臂的包覆裡頭走。紅樓背後，恍然竟又有另一座城。我見形色光影，電子音樂的聲響節奏哄然，夜色吞吐酒氣瀰漫，又有民歌手鍵盤吉他彈唱，紅樓劇場的溫婉光線已為各色霓虹所遮蔽了——這是城市的另一片光景，不過一個街角距離，西門町青少年倥傯的聲色犬馬，好似已在光年以外。

一扇看不見的門虛掩，不同人種寄居來去，衣著光鮮的，腆起肚腩慣常被稱之為「熊」的，能名、不能名的。桌邊圍繞幾乎清一色男性，細細啜飲咖啡酒漿茶水。紅樓底下一座平時看不見的村落，距離台北我城很近，又彷彿很遠。

人們說，那是從地底浮現的同志城。

這是什麼時候開始的事?幾年前，首次從友人處聽說，紅樓那兒新開了一間名喚「小熊村」的咖啡店，什麼時候第一次去那裡坐著，閒聊喳呼整晚，什麼時候開始又踏入紅樓廣場，三三兩兩店鋪繼續開張，週末的廣場人滿為患。什麼時候，習慣讓一個美好的夜晚在紅樓廣場開始，或在廣場結束。近幾年，我們在街上看到同族的夥伴們越發驕傲昂揚地走著。我們會說城市的風向正些微地轉變。如此台北是否一座「安全」的城市了？我們總回憶不起來，又彷彿目擊、參與了它的發生。

是二〇〇六年，紅樓南側廣場上，一間間懸掛著彩虹旗幟的咖啡店與小酒館進駐。許多年來，一個同志的烏托邦仍如幻夢泡影，但諸多同志友善店家在這區域蓬勃開展，是炫目霓虹、燈色酒釀，同志們似乎不必繼續在暗巷中行走。

人們說話、咳嗽、大笑出聲的臉孔，是否有了什麼改變？如果有一個地方，讓我們張揚大幅的旗幟，紅樓廣場，會不會就是許諾之地？一座島嶼自台北我城裡邊浮升，告訴我，這是否已經是我族的烏托邦了……

拜訪店家時，店員聽了來意，往裡頭大喊，又一個假調查、真釣人的來啦。我說沒有沒有啦，但訕笑時自己一直在縮小。店員哈哈一聲說，咦你們學術圈的，最近好像有個文化的林老師在我們這兒混了一陣子，後來文章不知寫得如何？回說，聽說要編整進專書。唉呀，熊文化那本書嘛，朝我剎剎眼睛，說我有在裡面哦。

又說老闆不在，要我晚點再來。

那時天色還大亮，他搬了幾趟飲料酒水之類，擦了汗，用腳挪開花圃旁的空心磚，想到什麼似的，罵幹，原本這地面都不用錢的。結果生意好了就變成要課稅。這種政府你看看。這種政府。但我們都知道，問題不只在政府。我們自己就是問題所在。

八點半再度回到紅樓，同下午的店員打個招呼，隨即喚了老闆過來。寬寬朗朗的一個大塊頭，長不特別好看，漢語也不標準，但操持口音裡頭也摻了不少台灣用語。先是問，你是同志嗎？答說是。那你自己就很了解啦，還訪談幹嘛？哈哈一笑。

來台灣四五年了，對這圈子有些微詞。而彷彿又想起什麼似的，又補上句，其實到哪裡都一樣。他說，噯，同性戀不就這樣嗎？信不信你今天和我坐在這裡，不認識的人看到，會說那個底迪長得好端端的，怎麼跑去和神豬坐一桌了，不就這樣嗎？話裡有些忿忿。我原有些共感的，但仔細想想，若不是訪談，平日看到這大塊頭，我會想要主動過去和他成為朋友嗎？九成不會的。他又講，男同志就這麼膚淺，說話完畢，仍不忘丟出一筆豪邁大笑。但好像刺進我身體裡面去。

一瞬間我覺得我發臭。其實我也薄得不得了，要這樣約略地帶過也是都說得通。我們膚淺的男同志。好比問到商家合作究竟可能不可能？他反問說，合作？我點點頭。他轉過頭去，說我講個故事你就會懂，之前也開過會，連會議紀錄都有的，說是要在中間畫條紅線，走道嘛。大家桌椅就別超過，要放放到走道對面去。你看那，硬是多放一桌。去問你們為什麼多放一桌呢？他同我講的理由也夠神奇了。說是這樣他的戰場會變小。我問他你怎麼不放到對面去？竟然又說，這樣放我比較方便。

所以合作。為什麼不能合作？你去解決掉那張桌子的問題，就會得到答案。

我們不只膚淺的男同志，我們自私的男同志。我心裡胡想幾圈，同他說，像社會運動其實最難也是從自己人開始。他一拍膝蓋說，對。人人都只看自己腳底下的嘛，戰場？戰場不該是整個商圈，怎麼會是那一桌呢？他說，來台灣這四五年，好像經歷台灣同志圈最蓬勃發展一段時間。自信又風光，好比一個十幾歲的小孩子，兒童發展心理學有沒有讀過？這年紀的小孩什麼都聽不下，自己好就好了，也不去想別人。沒有別人嘛。台灣同志文化大約也是類似的道理。想這邏輯相通，兩個人相望喟歎。

今天真的很謝謝你。

他說那有什麼，寫完不要忘記給我一份就是。又同我握手，說你們這些能念書的聰明人，好好幹。真的。

許多年後，願我談起紅樓廣場，能不必再說「我們彷彿想不起來」。

祕密集會I：老八板

從紅樓離開，搭計程車順路把人送回家，甫下車時他探頭丟來一句，今天看到你很開心，又霎了下眼睛。那時我竟有些不忍。

他們老了。

儘管說起話來還中氣十足，但一桌五個人，扣除掉我，四個人加起來超過一百九十歲，算算還是挺駭人。幾年過去，現在回憶起當時認識的他們，眉宇之間是更慈祥溫潤了些，但四十幾到五十的五年之間，可以讓一個人老多少？

看姓李的又再胖了，說就算端午節被打回原形，怎麼沒看過這麼胖的白蛇。我是森蚺，行吧。怎麼不少吃點，多運動？懶哪。反正看你對桌那幾個，如果我是白色巨蟒，他們幾個尺寸沒小多少的，大概也就是臭青母之類，白娘娘的跟班。燈光突然變亮的處所，話鋒突又轉到姓王的身上，姊，你多久沒打針啦臉都垮了。兩年沒打了，怕皺紋消失會上癮，能打一輩子嗎。想想也覺得不能，自然點好。真是自然點好——看看我媽咪，心寬體胖，臉上堆滿油連皺紋都不用愁了。誰是你媽咪，我這麼美。是啊，這麼美，當年可是個瓜子臉，這下端午才剛過，你怎麼月餅就端出來了快收回去、收回去……

談笑之間，其中一個看著我說，你這小妞出落得是越發氣質、越發美麗了。努嘴轉頭，說你看看他，年輕時騎台野狼125，煞車蹬的一下停了，多帥。現在還行嗎？

不行不行了。

上海生活兩年下來，說是變得過分簡單。每天就上班，下班，去健身房動一動，那些個機器什麼是不再推了，反正沒用。是怕胖，低頭撿東西奶子那樣垂，挺不雅的，再懶也還是得去跑個幾下。低頭？撿東西怎麼可以低頭，頭頂心那麼稀疏讓人看到也不害羞。禿頭藥吃了又吃，掉得少啦，也不奢望他它回來。不不，不吃柔沛，怕不舉。雖然也用不太著就是。說著說著，又再乾笑癟嘴。環顧廣場上行人青春三五百，笑說嗳，大概一半我都能吃的。要起嘴皮子說這麼不挑？

怎麼能挑？在上海，人家來釣你，挺帥的一個人，做完愛還跟你要錢。

你有給嗎？

他都敢開口了，總是幸虧需求沒那樣大了現在，給了。

五十歲，突然什麼都能議價的年紀就突然到來。上海、北京、哪裡的男孩店，四個四個走出來給人選，兩百塊點檯，帶出場三百，完事了再給兩百。什麼都能議價，也就是什麼都要錢。打針拉皮，吃藥植髮，健身運動，如果錢真能挽回一丁點兒的青春，那也就值得。買不到的是，好比說認識幾個新朋友，小底迪，做幾次愛看幾場電影，瞎混熟了以為是要交往，某天開始同你要東要西，買這買那，淨挑高級館子去吃。慢慢覺得不對，不是這樣的，一天醒來說你以後別再來了吧，這人離開前，邊穿襪穿鞋，還說那昨晚三百。心頭一涼，能怎麼樣？三百，就三百吧。

話語逐漸黯淡，抬起臉來望對桌問，你們兩個怎麼過生活的？還不就上班下班。一樣的。假日開車出去瞎兜風吧。彷彿提點了什麼那樣，喃喃自語說不一樣，你兩個是一對，怎會一樣。大約可以看出那表情閃現的縫隙裡，也有著些許悵惘，些許氣結。飛揚跋扈的年紀過去，什麼時候失身給誰都已想不太起來，而那不該是重要的一件事嗎？原以為自己不會忘的，但還是忘了。工作奮鬥二三十年，以前的李大少成了李老闆，買車，買房，台北市各處都有地產的人，回了家關上門，天曉得這貓這狗能陪著多久。很多事情看得挺重，但更多事情，過了就過了的，看看自己都人老珠黃了，誰還去談呢。

最後起身要走，不忘照例拱人埋單。李老闆，請客請客。姓李那人說，怎麼是我？我下禮拜才要過四十歲生日的。

講完，他便自己心虛笑了出來。

祕密集會II：我們的同義詞

一九八〇年代，台灣正值經濟高成長，股市準備狂飆。一切看來好得不能再好了，那時的島國自信又風光，社會一片歌舞昇平，羅大佑的明天會更好大街小巷傳唱。但對男同志來說，一九八〇，是個最壞的年代。各種「同性戀行為」逐漸被社會看見，卻是被放置在變態心理學的框架下檢視，在各類報導與社會建構中，與犯罪、影響社會治安相連結；時至一九八四年，愛滋病在台灣出現首例，造成極大的恐慌，男同性戀遂進一步被認為是疾病與犯罪的化身——男同性戀者開始被「看見」的同時，背負的是社會將之視為扭曲、偏差的眼光。

我們是男同志。愛滋病是我們的同義詞。

但一九八〇年代，我這年紀的小GAY全都錯過。是以，關於那個十年，以及接下來的十年，是註定只能聽人傳誦了。

我將車窗搖下，感覺有雨絲進來
打溼了我們的愛情；

我回頭，發現這時候
我們比較需要正義與公理……
我已盡力去保持距離
一如天體般懂得秩序
與疏離——關於生命轉彎
所必須遵守的減速與角度
必須停下來。等待。必須停下來
等待。成為一個全新的品種

那時新公園仍然是城市裡黑暗的角落，從不能在街頭上清楚辨認彼此。血液裡奔流的慾望，噢慾望是專斷的國王，操持著一整個垂首的王國，他的行伍，他的臨兵列陣毫無宣洩的可能。曾經以為自己是世界上唯一的男同志，寄出幾封信，像往大海裡拋出一把又一把的針。《世界電影》雜誌最後有個徵筆友的欄位，在《熱愛》創刊之前那是少數少數大家知道的留言欄位了。寂寞。與慾望。認識然後離去，揀選與被揀選。或者在播放色情電影的小戲院裡與陌生人大膽地碰觸，肉身反覆的工作，看似是一九八〇年代的整體了。愛過幾次，不愛過幾次。被人愛也不被人愛，被人揀選。

肉身豐美。肉身凋零。

一九八〇。也是愛滋病在人群中蔓延最厲害的時刻。愛滋病像是一個詛咒，天譴，男同志一直被教育要乖，要冷靜。不要愛，不要做愛。不然一隻手會指向病床上哀哀腐敗的身體，說這就是你以後的樣子。這就是你們。這是你們的同義詞。

家裡有愛，沒有愛滋。衛生署文宣上這麼寫。他說，剛出道那時候鼓起勇氣去了GAY吧，認識些人，看來健康，高壯，從美國學成歸國操些流利英文，人生勇敢，坦白。也曾經為他們魅惑，愛上或沒有愛上，牽幾次手看了幾場電影，沒有親吻也沒有做愛。然後對方離開。後來才知道不能碰觸的理由，從美國回台灣是要落葉歸根。在美國，發現自己不再健康的人回到台灣來，等死。即使是那樣也好。

畢竟我們是全新的品種
豁免於貧窮、運動傷害，和愛滋病
那個說要去敗壞道德的人首先脫離了隊伍
在花朵稠密處舞弄頭頂的光環

和朋友幾個月不見。又再碰頭的時候，驚問，怎麼變得這麼瘦了？胃痛。不能好好吃飯。

在醫院幫你排個胃鏡吧？說好。

約定的時間，人卻沒有出現。又再過幾個禮拜，聽說走了。也不知道是急性感染還是自殺，不知道。那時朋友們一個個倒下，離開。另一個在美國念書時認識的朋友，明是同志，回來台灣卻被逼著去結婚，那時從言談間猜想他似乎也患了病。結婚？還生了小孩。後來他病發，根本不敢去看，卡波西氏肉瘤長在這裡。這裡，以及這裡。人變得好瘦，枯乾，最後幾天才鼓起勇氣去看了，說了再見。他老婆也是附近醫院的醫生，過幾年，在任何場合就都沒聽說過這個女人的消息。不知道是銷聲匿跡還是，也走了。不知道。什麼都不知道。

彷彿所有人正被疾病揀選，沒有人說得清，下一個會不會就是自己。

背德者又結束了他們欺瞞的榮耀一日

但是肛門只是虛掩。悲哀經常從門縫洩漏一如

整夜斷斷續續發光的電燈泡，我們合抱又合抱

我們合抱又合抱

合抱又合抱……不肯相信

做愛的形式已被窮盡，肉體的歡樂已被摒棄

我們何不就此投入健康沈默的大多數？

我過了十年無性的時光。你能相信嗎？他說。

我說我相信，我也曾為疾病感到驚懼與恐怖。

直要到九〇年代快要終結，他和朋友回波士頓。那也是他認識許多許多朋友的城市，許多許多朋友住過，然後死去的城市。

在波士頓，或者在別的地方。廣場上正舉行愛滋被單祈福會，隱忍十年的巨大悲傷終於無從壓抑無從隱忍，港邊獵獵風吹，他放聲哀哭，分不清楚唇邊的鹹是大西洋海風還是眼淚。那畫面留在波士頓當地的同志週報首頁上。他說，他才知道自己可以那樣哭，挖心掏肺地，像要同一整個死亡滿溢的恐怖時代揮別。

但我們都知道，不可能。二〇一〇年了，疾病的陰影還是揮之不去。

慾望，那專斷的國王
正為自己準備了盛大的慶典
我們是全新的品種
只是無垠的靜默相互傳染
當中他又看見了，遠遠地
想像的情人

已匆忙離去

在一個場合朗誦與疾病相關的詩歌，我點起蠟燭。說是要召喚劇場的神性，但讀詩會那日天氣晴好，陽光普照。拼湊著念幾首與我們黑暗命運息息相關的詩作，聽來居然有些諷刺。

音韻哀哀慮慮，反覆，迴旋。我不禁思索，想像的情人匆忙離去，為的是什麼呢？或許因為疾病是一則惡的隱喻，因為我們從來不屬於健康沈默的大多數。情人知道了我們的同義詞，情人離去。想到我親愛的朋友們，我深深陷溺，希望他們也能真正豁免於疾病。如此我們可以一起老去，繼續行走街頭，彷彿我們不曾受到傷害。

我們是全新的品種，
豁免於貧窮、
運動傷害，和
愛滋病。

• 文中詩作節選整編自陳克華作品〈車禍〉、〈肛交之必要〉、〈秋日遠眺〉三首。

祕密集會Ⅲ：抗老大作戰

活跳跳這人四十歲了，不菸不酒不喝刺激性飲料也不吃辣，生活習慣若還稱不上健康，那推廣養生之道的電視節目雜誌文章立馬都可以消失。找到間咖啡店坐下，聽說要錄音突然有點寒毛立起來那樣，轉頭看隔壁桌坐了人，乾笑說，欸我們換遠一點的位置。

他說，都你啦。什麼鬼論文，是你我才答應給訪談。

第一次做玻尿酸那時，三十六歲人，平常就喜歡拿著數位相機這裡拍那裡拍，某張做完日曬機後拍的照片，拿出來看真正是嚇到自己，臉的狀況非常不好，不好的意思是，老天爺，怎麼突然變得這麼老了？淚溝深得，黑得，眼神整個鬆垮掉了。才三十六歲！剛好有朋友做完微整形，說對付淚溝最好方法就是玻尿酸填平，那時候在診所，效果真的是立即，還拿面鏡子在旁邊給你，打一針，看一下，再打一針，再看，覺得自己整個臉立馬亮了起來。淚溝平了，蘋果肌豐滿了，他說欸其實三十六七歲也還算不上老，只是想讓自己，再好看些。

真正老要多老？六十歲吧。

望著下個兩十年，說，五十歲我都想，還可以。

是覺得什麼年紀人都有各自市場。他說，歪歪頭，努了努嘴，又說，但這畢竟是個有著市場需求的世界。所謂市場需求，還不就那幾項，蓄鬍？優。短髮？優。奶大？優。彷彿靠著時間便可以養成這些，要奶子就成天上健身房擠，要短髮，勤快點兩三禮拜去趟髮廊，蓄鬍就真是要靠點天分，唉呀育毛劑沒用的。說話時候還拿手指摩挲他飽滿的鬍髭髮鬢，裡頭有些根鬢，是真白了。

但是時間啊它可以給你這些，也可以拿走另外一些。他說男人年過三十，差不多就是走到高峰期，過三十五就也開始滑下坡。早上起床對著鏡子盯了很久，會想，這是我嗎？不甘心，去電腦裡調出了生活四處攝下的影像，才只好長嘆說，是年紀到了。又過兩年開始打肉毒，動態紋修掉了，看來就比較不那麼累，不那麼疲睏。他說，自己這麼愛笑一個人，打肉毒之前每張照片笑起來臉都是皺的，噯能看嗎你說。時不時還像個大頑童般擠眉弄眼，丟個表情過來，說，如何如何，效果挺不錯的吧。好像覺察自己太淘氣了些，又笑。

他說，我看來是還不顯老吧。彷彿要再次確認什麼，想了一會兒。

除了這頭髮兩側禿成個M形以外。是吧？

只是啊時間過去……做這些微整形，恐怕就是要想辦法延長那三十歲以後的高峰期。好比去年第一次見面那時，還是雙眼皮的這人，他指著自己右眼說，左邊的雙眼皮形還很好，夠鳳夠桃花，有光，但右邊很早開始慢慢不行。眼皮慢慢鬆開，垂下來顯得沒什麼精神。又補一句，那樣的眼睛看來比較女相。想了一想，去做了手術把雙眼皮縫成單眼皮。翻開眼皮隱約還看得到手術縫合的痕跡。只是啊時間會繼續過去，繼續過去。現在四十歲，彷彿很快地五十歲就要到來，然後是六十歲。能怎麼辦？現下還不至於感覺自己有多老，但再往前走，可能是現在還不能想像的風景。

未來很快就會來，未來，恐怕要再坐上手術椅很多很多次。

能怎麼樣？還是得做啊。

話題一轉聽說有人做了五爪。微晶瓷。興致盎然這四十歲人，說欸，他們做起來效果如何？把臉轉過一個角度，邊摸自個兒臉邊說，幸好我臉不太鬆，胖嘛！福相一些，短期內應該還做不到五爪。倒是想在鼻翼打玻尿酸，現在這樣子鼻孔有點露，該遮一遮，然後下巴去填微晶瓷，下巴能再尖一點，如果變成瓜子臉的話……瓜子臉好啊！多好看，說完像是又想到他臉型比較寬，要是真成了瓜子臉，笑說怕也是個冬瓜一類。現在這樣挺好，就是頭髮，嗳頭髮……

一晚歡快的話題即將中止時候，他想到什麼似的，突然一問，說欸羅小弟，你說你朋友做植髮，在哪一家？回去幫我問問看。那尋常呵呵笑著的臉，泛起一陣紅潤的光。

祕密集會Ⅳ：單身者言

他說，別看我外表不差，努力運動，手邊有點閒錢，工作穩定，有博士學歷，在學校兼課，但我是個四十六歲的男同性戀。

那要怎麼辦？

身邊的人們書念得越多，益發精進，發現談一場平凡的戀愛越來越難。那些已經成為大學教授的人持續單身，無論他們寫點小說，寫點詩，年輕時搞過幾本賣不出去的文藝刊物。持續單身。開台不算爛的車出入大學校園，好多年了，助手座上擺的是自己的包包，裝著手提電腦，幾本書，聖誕節給自己買巧克力，和其他單身的人們在露天咖啡店講過去的生活，講現在。梳妝台上擺著幾年前生日給自己買的鑽戒，一個人睡雙人床，身邊沒有打呼聲，洗衣服時細心地把牛仔褲翻面，洗淨，電動牙刷的刷頭孤伶伶地插著，也不必時時更換。

等他們四十歲。記得十七歲轟轟烈烈的戀愛，二十二歲之前，男人在身邊來去，相互離開並傷春悲秋，鏡花水月夢一場，寫一首在音階爬升處還有著刁蠻泛音的管樂曲，首演的場子自己指揮。大學念了五年，或者六年，二十三歲進碩士班，尚未念完第一個學期就思索該不該把它念完。該不該到德國、美國、英國攻讀博士，偶有男人接過背包他們問，這麼重，裡頭裝的是什麼？回說，一些書，他們說，喔。就不再同他們約會。

當完兵並拿到第二個碩士，二十八歲。或者拿到博士的三十三、三十四，生活穩定下來，終於實現十七歲時和男人共同生活的夢想，卻開始擔心老去。百貨公司週年慶，採購保養品，敷著面膜在研究室裡為升等論文焦頭爛額，男人的電話來，問離開學校了嗎？回答還沒。深夜回家，發現男人睡了，還為此買了台聲音最小最小的洗衣機，把他的牛仔褲翻面，清洗，晾乾。三十八歲，和指導學生討論碩士論文大綱的夜晚，收到一封短短的分手信，不知該如何回覆，就讓信在電子信箱裡頭躺著。徹夜守著研究室裡滿坑滿谷的書，無言語的校園，也是曾度過青春期的校園，書籍並未解答任何事情。隔天早上，男人已將所有雜什搬離一空。

三十九歲，翻出二十歲時自費印行的詩集，為隔壁研究室的同事慶幸她博士班時就結了婚，牢牢把他綁住。

等真老了的時候，反而不那麼擔心了。

安慰自己研究所的統計老師快五十歲了才結婚，但心一驚，自己四十多，圈子裡已算半個老頭，要怎麼辦？背著包在校園裡走動，在醫院裡走。在診所裡走，開著車到北海岸兜風，助手座地上放著一雙拖鞋，人過三十五歲就不再衝浪了。零散的沙，卡著夾腳拖鞋的人字形周邊，穿上，總會磨得足趾間有些疼。

想，二十四歲時談的那場戀愛，當兵站哨時男人帶著巧克力來探班，緊緊擁抱他不要他離開。還年輕的時候。二十七歲時跑社會線認識的那個警察，講話有些台灣國語，講講黃色笑話，但生活習慣良好，在家抽菸會自動走到陽台，接吻前會刷牙，他不太看小說，也不讀詩，但看雜誌電視話頭稍微抱怨工作，努力想笑話講的表情非常認真，他為什麼離開？三十三歲那年，再度爆發SARS，重施故技認識在敦化北路上班的外商公司經理，兩個人都不年輕了，他的腳臭，脫了襪子就往電視櫃旁邊胡扔，他睡覺打呼，肝功能指數有點高，他每個禮拜固定讀的刊物是財經雜誌。他大學沒修過社會學。有回他說，差點忘記自己念過碩士班這回事。

某天，三十五歲的人，再度離開他們。

為了寂寞，為了簡單的理由與他們戀愛。為了更簡單的理由，同他們分開。過了四十歲，不再有什麼眼淚，但有更多的寂寞。

以為自己值得不平凡的戀愛，但一個過了中年的男同志，卻是再平凡不過了的，一個人。四十六歲，四十七歲，四十八歲，回憶起二十三歲生日前夕的聖誕節，紅樓戲院旁的露天咖啡，高中同學問的問題。

那要怎麼辦？

患者

總有人得到了什麼，而學會沉默。

壞的血液掏蝕免疫系統，初期急性感染，在身體四處綻放斑斑紅花。

拿個不能言的祕密往樹洞去說，說完了，世界繼續旋轉。定時服藥，控制如自由落體的檢驗數字不再往下掉。回神過來，意識到所愛之人端坐餐桌對面，祕密講完了，他起身離開。什麼時候開始，感到自己不潔。學會沉默，但沉默並不帶來痊癒。日子一天天壞，偶有疏忽的藥箋紙袋洩漏了事實，手指眼神拋過來，彷彿這世界潔淨得過分了，不容污穢留存。

人們說這些有病之人不值得寬宥，他們有罪。聽久了，分不清楚壞的是日子是世界，還是自己。壞得不該存在。

我的朋友是否也作如是想？

幾年前，他驗出陽性反應。但我不屬於最早知道的那群人。

※

那一陣子，我們還青春。十八、十九、二十歲，正是新芽抽長，要伸出觸角探索城市的速度與金屬的時候。正為整個世界邊邊角角上長著的光彩蕈類感到興味。身體是丹爐，倒進尼古丁、酒精、咖啡因，倒進知識、忿怒與哀愁，倒進一切好與壞的。

原先走在類似道路上，後來卻望向不同風景。我把還沒看的書放在桌子右邊，把看完的放在左邊，他總笑我，就光會坐在咖啡館的吧檯看書寫字，說為什麼不多飲一杯酒。說我還沒有過一個男人，算不上認識自己的身體。談笑晏晏他說，他敲打身體變換各種姿勢，透過迷幻的練習與工作，證明自己存在。他說，你有沒有過純粹的快樂？便邀請我在偶爾的深夜進入舞廳，黎明時離開。一起用完早餐，他撥了電話，繼續走進日正當中的城市，遁入另一個黑暗的房間。回程捷運上，我想像他脫去衣物底褲，留下精液與汗水。那一陣子，在他身上我剛認識這世界無光的一面，領著我同陌生男子們在陸上行舟，在地底交歡，天亮後頭也不回離開。

此間一刻，誰都希望快樂能永恆，以為世界不會消失。

卻總是不乏猥瑣的耳語，說我們所站之處是豢養著病菌的索多瑪城，說，地底相愛之人是要受天譴的，我聽著那些，回說這有什麼。但大過年的，新聞裡報出警察突入私宅派對，清一色男體肉身排開，記者哇啦啦說著巷弄內的民宅變成毒蟲天堂這裡保險套散落一地空氣中瀰漫著精液汗水混合的體騷警察進入搖頭派對時候狂歡的男同志抬起迷茫眼神彷彿不知發生了什麼事……哇啦啦，我眼見那些半裸男子蹲踞低頭，各色內褲在螢幕上陣列，好像七彩斑爛的花蕊毒蕈。過了幾天，又見電視新聞上，衛生單位主管露出驕傲表情，說查獲派對三成人口是帶原者可謂對於愛滋防治大有斬獲……我感到恐怖，撳了遙控器轉台。什麼事情隱隱然在我心頭扎著。

疾病的陰影揮之不去。那之後，我開始少往人聲歡悅雜沓的地方走動，要肉身戰場的金鼓之聲離我遠去。學會收束生活，假裝自己不曾在生人面前寬衣。我不再同神明擲筊，說服自己，抽到大凶的不會是我，不要是我就好。

可是大凶籤確實存在。某天，一個同我算不上十分熟稔的傢伙，在網路上傳來訊息便唐唐突突問，你是不是認識那個某某？我漫不經心說是啊。訊息回傳來問，熟嗎？我說，還滿要好的，怎麼了？對方字句中間不用標點符號一口氣打完，欸那你有聽說他嗑藥濫交搞得年紀輕輕就中獎了嗎你千萬要小心少跟這種人來往……我沒回過神來，問，什麼？隨即明白了，他是要說個不能言的祕密，不能言的HIV。我胸口像給什麼掐了一下，聽不真切。

啊，他是這種人。一瞬間，我幾乎矢口否認那個某某，正是我的朋友。

我的朋友，不知何時成為了帶原者，而我甚至是從別人口中聽聞這件事的。偶然間發現那籤註記了命運的籤詩，在我朋友的口袋裡給胡亂地塞折，而我只能不安地看著，什麼都無法改變。

※

我開始在朋友的話語中找尋蛛絲馬跡。想他現下快樂是真實的嗎，或者不是。他必然正對我隱瞞著什麼。每次吃飯談天，端坐對面，他為什麼不告訴我？

一天晚上，我們再度吞服藥錠，要陸上行舟。電視機螢光熒熒播送消息，記者俐落口吻敘述，記者現在所在的位置是在國道三號二百三十六公里處知名女藝人疑因未繫安全帶而在車禍發生時衝撞頭部送醫時已無生命跡象……我的朋友講話像嚼口香糖說，好可惜，那麼漂亮欸。我覺得暈眩，喉頭哽著一句話不知道該說不說出口。我的朋友操遙控器反覆在新聞台間跳躍，順手抄起不鏽鋼盤上的信用卡，在白粉堆間研磨，織成白索條條，問我要不要？我霎時以為那是丟給溺水者的繩，低聲回說，不。不。他突又去接了記者話頭說，幹，那麼漂亮一個人就這樣死了。然後關閉電視，整個房間再度剩下飄忽的燭火。

我閉上眼睛，深深吸一口氣。欸我問你哦。

怎樣？

你最近身體狀況是不是不太好？

還好啊，怎麼了，問這個。別人跟我說，你出去玩的時候，中了。幹，這些人就愛八卦。但是你為什麼不告訴我？

想我能說嗎？聽聽你那是種什麼語氣，能告訴你嗎？

對不起、對不起……我情願把舌頭咬斷了吞下，換回剛講出的話。

我的朋友眉頭低低，說玩了這麼多年，敗在一個自己愛的人手裡。一個讓我的朋友認真想定下來的男人，一個，不菸不酒不藥的男人。那時他倆認識，以為只是身體交歡很快要往反方向離去，但並肩走往台北城各處，或共享明亮室內一個典型的早晨，一壺咖啡，烘蛋火腿，焦脆的烤吐司種種，反覆想著其中經過的什麼，就知道真是愛了。幾個月後，兩人租下一戶小公寓，搬進去那天，男人同我的朋友說，我們今天不戴，好不好？

我的朋友說，愛到了就愛到了，拿掉保險套那一瞬間像玩撲克牌抓鬼。抽牌的時候要記得微笑。裡面的鬼牌不宜過多，但也不會太少。抽完離手，翻開來，願賭服輸。

※

但我的朋友又露出一貫的笑容說，他的世界沒有崩解，時間沒有停止，他的日常繼續前進，不特別快，也不特別慢。說來其實不難。他每隔幾個禮拜得上醫院拿藥，抽血，說每次驗的都是同一件事，扎的也是同個地方。只是扎久了，手肘內側大血管處，便常時透著不會消褪的血瘀。CD4淋巴球指數打印在檢驗報告的同樣位置，報告書拿了就看，指數上升了便為自個兒欣喜、指數下降了要仔細反省，是否輕忽了服藥的時間，都好。都好。

他獨力承擔藥物的副作用。腹瀉了，掉髮了，像洪水毫無預警地氾濫，天晴以後，一肩扛起自己愛情的遺跡。

我的朋友並不避諱談論死亡。他說，疾病並不讓他變得虛弱。

讓人難過的是，人們要他什麼都別再多說。心頭一驚，我的朋友究竟同什麼東西在對抗著？

年節時候，人們問他交女友了嗎？為什麼不用當兵？當他誠實說起自己CD4指數已失控地下降，人們掩耳走避。人們禁止我的朋友談論身體，卻指著他背影說，天譴者。禁止他談論愛，好像他的愛是污穢的。人們不願聽他談論死亡，但丟出的言語灼灼，又何嘗真正伸出手去幫助他遠離死亡？避而不談從不代表痊癒，好比白晃晃的醫院裡樓層並沒有四，還是持續有身體被推進太平間。帶黑色斑塊的身體。肺部被病毒浸潤的身體。在車禍中缺手斷腳的身體。被癌細胞啃食殆盡的身體。生死邊界晦混不明，身體既已成為斷簡殘篇，為了什麼理由，生者還要再去區分死亡的高貴或低賤？

如果真的有，我情願，那會是個真正重要的理由。我的朋友說。

感染者失去了他們的名字。人們的眼神扎過來，卻是讀著他們新的名牌，啊這人是帶原者，是愛滋寶寶，是男同志是毒蟲，是被針扎的醫護人員，是守著自己丈夫卻被他不戴套野食給傳染的家庭主婦，是輸血感染的病藥受害者……誰還在乎他們當初如何感染。都不重要了。人們讀著，沿曲折走廊走入感染科的背影，讀著衛生所人員在信箱門口張貼的尋人啟事，人們從中讀出什麼，若有所思搖搖頭，噯，這種人。誰還在乎當年，朋友的男人也是因為單純地相信，而放棄了該有的防備。

感染，一則壞的隱喻。是怎樣的眼睛看著他們，帶原者背著自己新的名字，走進人群的隱沒帶，要拉拉衣角遮掩。縮小些，佔用捷運月台更少的空間。壞得彷彿自己不該存在。

我想起電視新聞裡，衛生局官員的表情。

那是一張欣慰的臉。彷彿在說，抓到這種人，我們的世界就安全了。我們的世界再不會被這種人給污染了。好像，有個聲音從他上揚的嘴角止不住地洩出來，這些毒蟲毒蟲毒蟲毒蟲毒蟲毒蟲感染的血中帶有病毒的骯髒的毒蟲毒蟲毒蟲毒蟲毒蟲都要揪出來他們最好不要存在……這種人。活該。自找的。不檢點。人群丟擲的詞彙如巨石般從天空落下。

我突然懂了，人們伸出戟指的手，從來不需再有什麼其他的話。而他為什麼選擇不說？答案清楚明白。當我撳下按鍵轉台不願再看新聞，當我意圖否認他是我的朋友，便成為人群的共謀。

我其實也在妖魔化我的朋友。

他得到，他沉默。每天每天，戴著面具出門。

※

我的朋友說，感染後自覺在城裡活得像句髒話。他不能愛。他說，他穿上件黑色襯衫像穿著喪服，到人群裡頭，給自己服喪。

病毒不問季節，鬼火般爍迷迷給人指路，終要滿城夜行的不眠者失了方向。我的朋友本來性格堅定、執拗、頑強，但時間，時間將他一丁一點兒地變小，像是要回到孩提時代那樣，要將他縮小到足以放進一口兒童棺材裡去。如果倒回成為兒童的他，能擺脫一切惡的言語，我想，也算是值得。

※

他一天天走向死蔭的幽谷，但我們之中，又有誰不是呢。健康、病朽，我們終究不能抵擋這身體終要老去，也總有一天會躺在棺櫃裡，等著別人來看我們一眼。卻還有什麼事情是重要的，慶幸我的朋友同我分享了祕密，要我聽完，同他對分了，擔著，證明他不孤獨。

那年同志遊行，眾人風華妖冶地為「生」的權益踩街去了，我的朋友站在人聲鼎沸的街頭，舉著牌子寫「FREE HUGS」，索求簡單的擁抱。如今想來，他身體雖弱雖瘦，領著標語牌告前行的背影，帶著寬慰莊嚴。如是我知道，要他死的從來就不是病，而是人群。人群是患者們一生的功課。當塵歸於塵土歸於土，即使人群不曾諒解我的朋友之生、之死，我知道的，他街頭兀立的姿勢之所以決絕，為的是告訴人們生之困窘，生之災厄。要人們看透，病症不過一則惡的隱喻。

擁抱，為的是要人們看他雙臂張揚。

危顫顫地臂彎打開，竟也有花。

TeXound

等待派對開始的少年們，知道今天要晚回家了……

少年穿梭在一個個或明或暗的派對場景，徹夜不寐的旅程行將結束之時，總會想起那盞地下聖殿入口處的綠色燈火，彷彿盛夏即將展開，幽魅的引路之光。來台客爽的人不盡然都是台客，但肯定都是為了爽。

早在親自踩踏陣陣節拍砰砰砰砰四拍八拍十六拍之前，少年早已耳聞這城裡最夯最紅火的電音舞廳。隱匿在城市商業區背面，因幾次大規模掃蕩非法藥物而聲名大噪的都市傳奇，某歌手給抓到那天，媒體如搜奇觀珍全湧來，台客爽只好歇業避風頭這年情人節才又開，但也不需要廣告，全城點頭搖頭三教九流的都來了，票口乾脆拉出客滿不收下回請早謝謝。

少年少女成群結夥地盤算著要去探險，央著一個據說去過的銳舞少年帶路，老氣橫秋在電話那頭說，欸你學生證上有照片生日吧，回說有，銳舞少年講話像嚼口香糖說呣記得帶有些時候學歷很好唬人的啪一下收了線。

約定時間門口三兩小貓，沒人，銳舞少年嘖嘴罵幹，該不會今天條子要抄。才語畢一輛警用光陽摩托車停路邊，紅藍巡邏燈熠熠光照旋轉一胖一瘦一矮一高兩個警察活像七爺八爺代城隍爺夜巡，手一招說，過來過來證件借看。掏出學生證遞去，又問口袋裡什麼東西，銳舞少年剎剎眼睛，翻出精怪白眼拍口袋說菸啊打火機，沒了。七爺看看證件看看人，換過一張臉來問，都T大的？銳舞少年撇嘴回啊不然咧？八爺說噯怎麼來這裡玩，銳舞少年吹出泡泡，不能來這裡玩？八爺說，不是，不是，你們T大是國家未來的棟樑，這舞廳龍蛇雜處難保不會學壞……銳舞少年從七爺手中抽回學生證鬥嘴不饒人，要學早學壞了還輪得到別人教？鼻子出氣努了努嘴，說下去了下去了，在這兒煞風景。

跳躍吧，舞動吧，帶你去最深最黑的地底……

舞池裡友人蹦蹦跕跕過來問，丟了嗎？少年不懂什麼是「丟」，後來才知道是將摻入非食用色素的詭奇彈丸於臼齒間磨為細末，再以可樂洗之，滌之。慢慢發起來音樂轉得更強悍，四四拍子每下皆重拍，身邊男女閉眼又張開，黑光燈照眼白泛藍光人人都成外星降臨妖魅族類，你還沒丟？趕進度啊，將子彈放進右邊第七齒間迅迅咬合，喀啦碎成大小片粒牙感甚硬，像枚十克拉的鑽石在黑闃星空下放出光華，很快地螢光棒白手套女孩隨舞步顛動的十字星項鍊揮舞在人叢裡殘影逗留的時間拉得更長些，更長些，喉頭苦苦砂礫再掏回牙間研磨至粉狀，接下來的事恍惚就過了。

真正是城市裡最墮落的場景。永遠溼淋淋的廁所地板，也不知道是混合了阻塞排水管逆流的污水與排泄物嘔吐物，隔間門打開，眼看一二三四五……嚇！八個人肯定是施展軟骨功，才能縮身擠進那小小房間。DJ在舞池正前方拋射魔法，召喚回到上古時代部落的祭典儀式，舞客半張明昧雙眼，跟著音樂，燈光，齊舉起手來啊就呼喊尖叫，將日常生活都留在聖殿之外。少年少女們浸坐在狂歡舞踊的汗水中，為彼此點菸，擁抱或親吻，也加入那排隊的人群，跳起出神之舞。

偶有人問，還好嗎？感覺還在攀升，比了OK手勢無需言語。

感覺繼續攀升……

你說自己是耶穌，和體內的獸群共舞。

這是個簡單的旅程，音樂和節拍，顫抖的身體。

聖殿裡，時間都不管用了。時間斷斷續續。但懵懂之間，少年近乎通靈的舞動之間，好像突然了解到何謂和平與愛。連即將溶化的汗水肌肉都在微笑，看見來自明天的日光，毫不遲疑地挪用明天的時間，親吻一個微笑的陌生人。不要同他說話，並再次親吻他。在預言尚未實踐之前加速飛行，承諾一個無人履足的天堂。在一個最壞的時代，世紀末的百廢待舉，世紀初的百業待興。消失那少年回來隊伍，說在包廂前面跳舞，裡頭一個黑道大姐頭找他過去玩耍說笑，好像人與人之間不再有距離。女伶的歌聲繼續飆升……

少年少女們持續這樣陸上行舟了幾年，在地底掀落尚未到來的太陽。

終於在星期天的清晨八點離開地下室，發現整個城市緩緩醒過來，晨跑的父親從眼前經過，於是終日唏微，感覺若有所失。

少年閉門練劍

某一年燥熱熱的夏天，少年開始寫字。想不起確切什麼時候了，走在越來越發燙的路面，盆地裡開闢捷運通往這裡那裡，搭捷運轉公車，繞啊繞，哪裡都去了也哪裡都沒去。少年寫著，掛著隨身聽四處走，雨季與晴熱，逛過牌招常去的店倒了後來同地址又開一家，少年不再去。

政治變天教育改革室內全面禁菸，講得天翻地覆，但少年總覺革的不是他們同代人的命。繼續寫，小寫大說，看完一場表演一部電影一本書，有時不免會想，看到流星便許願世界和平死不了人，和鄰座友人聊幾句話，聊一聊政治歷史好多人名，覺得卡卡的，不聊了，各自隱沒購物商場般的書店裡。

不必看很多書，但要認得很多書名，擺在書架上覺得，也挺好看。我的專業？我們受的是通才教育。通。才。教。育。瞭嗎？

就是人人都是專家，OK？

暗地裡一巴掌呼過來，世紀末的一代，頹廢的一代！他們說。

嗤之以鼻，二十一世紀都過了十年，誰還跟你世紀末。也有可能被掛上後現代的標題，恐怕是說不清楚才給它加上個後字，怪力亂神故弄玄虛，唬弄那些小資文青，哈哈一笑，擠擠眼睛。倒真是對資訊挺敏感的一代，也是對所有這些都過敏一代。

同代人，少年想了又想不知怎麼形容，畢竟這年頭每個人都開部落格，分行的是詩，不分行的唬爛，就稱之為小說散文吧。少年與他的同代人在學院迴廊相遇，在咖啡館，在某作家的新書發表會，或者BBS上先認得了ID和部落格，同代人相濡以沫卻搞得品味越來越壞，碰面時才說久仰久仰，原來你就是那個……眼見情勢不對作勢噓聲，幹，不要說出來。

少年們同向這去中心的時代致敬，又扭扭捏捏怕被人家說學院派。但其實要說學院派，還有更多這些那些修辭可以用，談陳映真就搖頭晃腦說這後殖民，談夏宇就後現代，這些那些，城市建設得飛快，還沒搞清楚捷運通到哪，一拍腦袋居然又停駛了。一字一句，您能告訴我，什麼是後現代嗎……

想起小時候，父親床頭書架上羅列一排《小說潮》，收集一整批比少年還老，還老派，還……的這些那些故事大寫小說，風風光光講，要找回閱讀人口。提醒了少年前陣子讀到的新聞，亞馬遜宣告正式進軍電子書市場，通路回頭控制生產在這年代早已不是什麼新鮮事，台股液晶產業凡此種種號稱電子書概念股立刻勁揚，菜市場電子婆婆媽媽笑得合不攏嘴。

閱讀人口？噗哧一聲。

拜託！

然而少年與他的同代人為何面目模糊？戴隱形眼鏡的時候，眼睛距離鏡子很近，眼睛是眼睛，睫毛是睫毛，眼屎是眼屎，視線不再被膠框瓶底眼鏡給扭曲，卻好像不再看得清楚自己的臉。又像抓頭髮，每一根是一根，誰在乎自己長什麼樣子。

分崩離析的夏天，又不知聽誰說，這年頭搞文學如做手工的人越見稀少。

少年們在咖啡店之間流浪，望向晴藍光朗的天空，覺得季節年代都有它自己的難處，人們前仆後繼衝向演唱會，焚膏繼晷打連線遊戲是大有人在，但也還是會有人讀書寫字閉門練劍。少年去了圖書館，查找目錄抱著疊書，把這些那些主題全塞進腳踏車菜籃，吱吱呀呀地騎走了。

【後記】樂園輿圖

該如何形容這城，這人。市街盤纏，鋼鐵與音樂。

一年下來，少年書寫城市總習慣從天氣開始。

初夏的雨水瀰漫開來，是整城昏瞶的意氣。少年在窗裡，街道在窗外，公車無語地行經每一座站牌，受這城市氣候的損害。復刻流行回到街巷的自行車，煞停時濡溼的車鼓皮發出尖銳的叫聲，嘰咿——彷彿交通安全宣導還不那麼鋪天蓋地的時期，緊急煞車首先在柏油路面留下烏黑的焦痕，然後總是接著砰！一聲巨響然後救護車很快到來，然後，然後……

一九九五年，少年舉家搬遷北上，恰好躲過了城市交通最黑暗的時期，捷運初通車，台北自信又風光，如今想來那也是城市的青春期嗎？倏忽十五年過去，股市上萬點既像是前世傳唱不息的夢，又像是將要再次發生的什麼熱熱切切，渴盼著，哽著。電視螢光幕既遠又近，白晝或黑夜，人們首先歌頌信義區地價再創新高，旋即戴起面罩攜手抵抗瀰漫的流感。

城市是少年這一代人終極的樂園。

精神分裂的少年們以一趕多，交錯的身分既是漫遊者，發條鳥，又是夢想家與說書人，少年們的呼吸是道聽塗說，偽科學與都市傳奇，暴露在滿佈致癌物質的飲食與空氣，打開電視然後關上，然後傳遞聖火般，手提電話裡神祕兮兮他們拼湊在耳語之間的，我聽說……

該如何形容這座城這群人，少年與他的二手世代非常可能，說完了話又再乘著遙控器與手提電話繼續旅行。

一年來，少年急切地想證實自己與城市的諸般關聯，那些斷續的戀愛，反覆踱步的路段，想要探問的是如何起始又怎麼突然結束？但城市的不同路徑都通往人們各自的記憶，少年寫著寫著，發現並不可能將自己割裂於這座城市的偉岸與卑微。捷運一年通一條，少年也想走過每一個車站的月台，想記認些已不存在的什麼，當列車的風壓呼嘯著從隧道吹襲而來，少年驚慌地伸出手去，想從變遷的地景當中撈到點什麼，卻不可能。

於是，少年花去一年時間重新認識這城，從三層樓高度，或地底，或屋簷牆角底下行過。只是當人群並肩著過去，少年不免感覺繼續有誰在背後聚合，而後離散，而後磚瓦凋敝，燈火遁隱，又再平地起高樓的城市還會是一樣的城市嗎？少年在掌心豢養著地圖他渴切地想還可以再多標示一個句讀，一次呼息，然而被錄記的事物最終命運都勢必與它原先的樣貌有所不同，然後時間過去。

城市逐一對少年攤開它張張臉孔，走過牌招和店面，踩過水窪泥濘，花去一年時間寫就的《樂園輿圖》還在繼續繁衍。

少年鋪張一幅空白的地圖並四處標點出紅字與黑字，筆下每一個故事的然後，都燃點起來像是熒熒的鬼火，又像無所不在點起青蓮紅燭的燈。然後時間過去。此刻雨後的台北初晴，一切緩慢美好，少年談論起台北也還是以天氣作為結束，一年，且是多麼奇妙的長度呢。

【新書簽講會】

樂園輿圖

主題：樂園輿圖

主講人：羅毓嘉

時間：2011年6月13日（星期一）晚上8點至9點

地點：誠品書店台大店3F藝文閣樓

（臺北市新生南路三段98號3F，電話：02-23626132）

報名電話：02-27494988（免費入場，額滿為止）

國家圖書館預行編目資料

樂園輿圖：羅毓嘉著. --初版. --臺北市:寶瓶文化, 2011. 05
面； 公分. --(island；144)
ISBN 978-986-6249-45-7（平裝）

855 100005686

island 144

樂園輿圖

作者／羅毓嘉

發行人／張寶琴
社長兼總編輯／朱亞君
副總編輯／張純玲
資深編輯／丁慧瑋
編輯／周美珊・林婕伃
美術主編／林慧雯
校對／張純玲・陳佩伶・呂佳真・羅毓嘉
業務經理／李婉婷　企劃專員／林歆婕
財務主任／歐素琪　業務專員／林裕翔
出版者／寶瓶文化事業股份有限公司
地址／台北市110信義區基隆路一段180號8樓
電話／(02) 27494988　傳真／(02) 27495072
郵政劃撥／19446403　寶瓶文化事業股份有限公司
印刷廠／世和印製企業有限公司
總經銷／大和書報圖書股份有限公司　電話／(02) 89902588
地址／新北市五股工業區五工五路2號　傳真／(02) 22997900
E-mail／aquarius@udngroup.com

法律顧問／理律法律事務所陳長文律師、蔣大中律師
如有破損或裝訂錯誤，請寄回本公司更換
著作完成日期／二〇一一年二月
初版一刷日期／二〇一一年五月六日
初版二刷+日期／二〇一八年三月二日
ISBN／978-986-6249-45-7
定價／二八〇元

愛書人卡

感謝您熱心的為我們填寫，
對您的意見，我們會認真的加以參考，
希望寶瓶文化推出的每一本書，都能得到您的肯定與永遠的支持。

系列：island 144 **書名：樂園輿圖**

1. 姓名：＿＿＿＿＿＿＿＿ 性別：□男 □女

2. 生日：＿＿年＿＿月＿＿日

3. 教育程度：□大學以上 □大學 □專科 □高中、高職 □高中職以下

4. 職業：＿＿＿＿＿＿＿＿

5. 聯絡地址：＿＿＿＿＿＿＿＿＿＿＿＿＿＿＿＿＿＿
   聯絡電話：＿＿＿＿＿＿＿＿ 手機：＿＿＿＿＿＿＿＿

6. E-mail信箱：＿＿＿＿＿＿＿＿＿＿＿＿＿＿
   □同意 □不同意 免費獲得寶瓶文化叢書訊息

7. 購買日期：＿＿ 年 ＿＿ 月 ＿＿日

8. 您得知本書的管道：□報紙／雜誌 □電視／電台 □親友介紹 □逛書店 □網路 □傳單／海報 □廣告 □其他

9. 您在哪裡買到本書：□書店，店名＿＿＿＿＿ □劃撥 □現場活動 □贈書 □網路購書，網站名稱：＿＿＿＿＿＿ □其他＿＿＿＿＿

10. 對本書的建議：（請填代號 1.滿意 2.尚可 3.再改進，請提供意見）
    內容：＿＿＿＿＿＿＿＿＿＿
    封面：＿＿＿＿＿＿＿＿＿＿
    編排：＿＿＿＿＿＿＿＿＿＿
    其他：＿＿＿＿＿＿＿＿＿＿
    綜合意見：＿＿＿＿＿＿＿＿＿＿＿＿＿＿＿＿＿＿＿＿

11. 希望我們未來出版哪一類的書籍：＿＿＿＿＿＿＿＿＿＿＿＿＿

讓文字與書寫的聲音大鳴大放

寶瓶文化事業股份有限公司

（請沿此虛線剪下）

寶瓶文化事業股份有限公司　收

110台北市信義區基隆路一段180號8樓

8F,180 KEELUNG RD.,SEC.1,

TAIPEI.(110)TAIWAN R.O.C.

（請沿虛線對折後寄回，謝謝）